回樹

YUKI SHASENDO | KAIJU

斜線堂有紀

早川書房

回樹

目次

回樹

そこにあるものは、燃え尽きた残り火の中に微かな暖を求める、祈りにも似た想いだった。

――スコット・フィッツジェラルド「残り火」（村上春樹訳）

恋人になった日から、千見寺《ちけんじ》初露《はつろ》は尋常寺律《じんじょうじりつ》の前で着替えなくなった。

ルームシェアを始めてから、もう三年になる。下着姿どころか一糸纏《まと》わぬ姿を見たことも何度だってあった。風呂上がりの初露がバスタオル一枚でアイスを食べているところや、着替える前に寝落ちたあられもない姿を、律はちゃんと覚えている。

しかし初露は意を決したような顔つきで、はっきりと宣言した。

「友達の前で脱ぐのと恋人の前で脱ぐのは違うじゃん」

きっちり着込んだシャツの合わせ目を弄《いじ》りながら言われると、もう頷くしかなかった。こんなにも真面目に恋人関係について考えている初露に対し、自分は甘すぎると反省の気持ちすら湧き上がってきた。

「……あー……なるほど」

「出し惜しみしようと思ったんですよ、分かりますかな」

「何だその……かなって。変な方向にかしこまるんだな……」

「あとね、爪もちゃんとやすり使うし、丁寧に磨く。枝毛も見せない。恋人に相応《ふさわ》しい、いつ見ても可愛い初露ちゃんでいる。ただし、ここぞという時に髪は巻いてほしい。背中のリボンも結んでほしい」

「わかった。別にいいけど。……ていうかそれ、私もこれからしっかり生きてかなくちゃいけなくなるじゃん……」

友人同士の気安い距離感から一つ線を引いた言葉に、少しだけ気後《きおく》れしてしまう。

律の目の前に、手が差し伸べられる。宣言通り、その手には整えられた爪が艶やかに輝いていた。その輝きに怖《お》じ気《け》づきながら、律はゆっくりと手を取った。摑んだ手が熱い。

「これからよろしく、律」

「……うん、よろしく初露」

尋常寺律は趣味が悪いので、この時の手の温かさと『犯行』に及んだ時に感じた冷たさを重ね合わせて反芻《はんすう》する。甘いものとしょっぱいものを交互に食べると無限にいけるってことだね、と思い出の中の初露が笑う。

取調室の素っ気ない明かりの下で、律の荒れた爪は殊更《ことさら》目立った。最後にやすりを使ったのはいつだっただろうか。初露に言われて、しばらくはちゃんと整えていた。伸びた爪で触られると痛いし肌に傷がつく、というのが彼女の意見だった。クリームを丁寧に揉み込んだ初露の肌は爪を受け流すほど柔らかかったけれど、それはそれ、らしい。

大人しく従ったのは、自分の指が初露の表面だけをなぞるわけではなかったからだ。それも、恋人同士になって変わったことの一つだった。ただの友達同士なら、爪の長さを気にすることもなかった。

「すいません。大丈夫ですか？」

目の前に座る女刑事がそう声を掛ける。切れ長の目に、ちゃんと手入れされたショートボブはいかにも隙が無さそうに見えた。忙しくも隅々まで気を遣うタイプなのだろう。彼女の爪にはしっかりとトップコートが塗られていた。

これで三度担当が変わった。大方《おおかた》そちらもうんざりしているだろう。お気の毒なことだ、と他人《ひと》事《ごと》のように思う。

「早島朱里《はやしまあかり》です。新たに今回の件の担当になりました。お手数ですが、再度名前の方をお願いします」

「尋常寺律です。二十八歳。自営業で、普段は家で仕事してます」

サービス精神を発揮して、求められることを先に答えた。逮捕されてから何度も繰り返したその言葉は、歌の一節のようによく馴染んでいる。一息で言い切って早島を見ると、彼女は微かに驚いた顔をしていた。

「尋常寺律さん。あなたには恋人である千見寺初露さんの遺体を盗んだ容疑がかけられています。間違いありませんか？」

「はい、間違いありません」

律は淀みなくはっきりと答える。爪をちゃんと切らなくなっても、一緒に暮らせなくなっても、葬式にすら出られていなくても、その肩書だけは残っている。というより、もう解消出来なくなってしまった。恋人同士が別れる為には双方の合意と納得が必要で、初露はもう死んでしまった。降霊術の発達していないこの世界では、もう初露の意思を確認することが出来ない。解約不能になったサービスのように延長され続ける。だから、そうだ。

「仰《おっしゃ》る通り、私と初露は恋人同士でした。私は八年一緒に暮らしていた恋人を盗んだんです」


大学二年生の時に計画したルームシェアは、始まる前から終わっていた。当初の予定では、3LDKの部屋を四人でシェアする予定だった。メンバーは学科の友人の真壁菜摘《まかべなつみ》。同じく学科の友人である佐田椎菜《さだしいな》。そして、菜摘のサークルでの友人である千見寺初露だった。

この時点で、律は初露と殆《ほとん》ど面識が無かった。しかし、四人の住人の中に一人知らない人が混じっているくらいは許容範囲だろう。三分の二を握っているのだ。孤立することはあり得まい。

やってきた引っ越し当日、新居を訪れた律はキャリーケース一つで乗り込んできた見知らぬ女に出くわした。その頃の初露は黒髪を腰の辺りまで伸ばしていて、目には緑色のカラーコンタクトを入れていた。可愛い、けど異様だ。

最低限の家具だけがある部屋の中で、律は彼女を見つめる。艶めいたサーモンピンクの爪がやけに長い。この頃の律はジェルネイルのことを知らなかったので、初露が長い爪でスマートフォンを弄っているだけで恐ろしかった。

ひとしきり沈黙を味わった後で、初露が不意に声を出した。

「菜摘、そろそろ来るだろうけど、ここには住まないと思うよ。そして、椎菜ちゃんは今日は来ない。契約したのは私だし、いなくても問題無いだろうってことで」

「え？　ちょっ……どういうこと？」

「ここ、なんでこんな安いのか知ってる？」

クイズでも出すかのようにそう尋ねてきた。

「……ていうかそもそも家賃いくらだっけ？　八万？　安いなーとは思ってたけど」

「ここ、実は人死んでるんだって。事故物件サイトに載ってるのを菜摘が偶然見つけちゃってさ。それで脱落したんだよ、あの子。知らなかったら知らないままで住んでただろうにね」

なるほど。死体か、と律は思う。彼女が元々住んでいたアパートは、狭いくせに七万の家賃が掛かった。ネット回線は遅いのに、工事する余地も無かった。部屋を見回したが、死体の余波は見当たらない。暮らすには問題が無さそうだ。

「………死体ねえ」

「首吊りらしいけど」

「へえ。参考になった」

「菜摘が謝っといてって言ってたよ。直接言わないのは気まずかったからかな。一緒に住めなくてごめんって。でも借りちゃったからねえ」

「……そっちは平気なの？　人が死んだ部屋でも」

「人間なんていつか死ぬからね。思うんだけど、有史以前まで含めたら死体の数なんてとんでもないよね。どこでだって人は死んでると思うな。墓があるか無いかの違いだけで、どこを掘ったって死体塗《まみ》れなんだよ。知ってる？　今でさえ墓を建てる場所が無くて困ってるのに、これから先はどんどん墓の場所で困っていくらしいよ」

「まあ、狭いからね。日本」

「でも、みんな大切な人のお墓を建てたいよね。参りたいし、祈りたい。だから、どんどん死者は自分達の住んでいる場所に隣接してくると思うよ。デッドスペースに死体を埋めて、共存していくわけだね。そういうことになったら、自分の家の隣に墓がやってきてもおかしくないわけだ。そうなったらもう気にしても仕方ないってことになるはず」

「言いたいことは分かったけど」

「私達は折り合いをつけなくちゃいけなくて、この場所が分水嶺《ぶんすいれい》なんだ。だから私は気にしない」

初露はそう言って、真面目な顔で頷いた。

後に分かったことだが、初露がここまで饒舌に事故物件を擁護したのは、単に金に困っていたからだ。バイト先と揉めて退職願を叩きつけた初露は、何が何でも安価な家賃と新しい同居人を確保しなければならなかった。墓の話は地域経済学の講義で聞いたばかりのもので、話題の鮮度が高かっただけだ。初露の言葉に深い意味は無かった。

しかし、そんなことを知らない律は、素直に感心した。場所という資源は有限で、人がよすがを求める限り、死者との距離はどこまでも近づいていく。その考えを面白いと思ってしまった。

よく考えてみれば、家の中で人が死ぬのと家の外で人が死ぬのとでは全く違う話だ。家の外にムカデが出るのと、家の中にムカデが出るのとじゃお話が違う。しかし、そのことを咄嗟《とっさ》に忘れてしまったのだ。

「菜摘がこれから言い訳と言葉を尽くして謝り、ルームシェアを反故《ほご》にすることは分かった。でも椎菜は？　椎菜も事故物件駄目なの？」

「椎菜ちゃんは、なんかこの段で彼氏と住むことになったらしい。引っ越しの準備してるとこ見られて、だったら一緒に暮らそうよってことになったとかで」

「あ、はい。それはまたハッピーなお話で」

椎菜もまた、言い訳と言葉を尽くして謝り、ルームシェアを反故にするのだろう。そのことはもう分かった。幸せそうなこの裏切りは責めづらいし、多分覆《くつがえ》ることもない。

「私、もう引っ越す気満々で来ちゃったんだけど」

「私もそうだよ。色々なものを捨てたからここに来るしかなかった」

初露がつまらなそうに答える。そうして残ったキャリーケースが、所在無げに揺れていた。

「二人で割れば家賃は四万。払えない額じゃないよね？　確かに二万は魅力的だったけど、前より安いよね？」

「それはまあ、仰る通りで……」

「なら、残った道は一つしかないんじゃない？」

「そうかもしれないけど……」

ただ、二人で暮らすのと四人でのルームシェアではあまりにも話が違う。しかも、残ったのが知り合いの知り合いである女だ。四人で割って丁度良い部屋を、二人で割るのは重すぎる。同居をするなら、せめてもう少し気心が知れた相手がいい。

「ルームシェアはいいのに二人暮らしは駄目なんだ。なるほど」

「近すぎるんだよ。二人で住むのは同居っていうより同棲感が強くてきつい。千見寺さんはそういうのない？　これから全部の生活を二人で切り分けなくちゃいけないんだよ？　四人いたらこの苦しみは薄まったと思う。これはかなりきつい」

「同居と同棲か。意味は同じなのに後者の方が恋人感があるね。同居人って言葉があるのに同棲人って言葉が無いからかな」

初露は意図的に話を逸らしていた。ここで律に部屋を出て行かれるのは困るのだ。

「私達、上手くやれると思うな。尋常寺さんのこと初めて見た時にピンときたから。しばらく頑張ってみようよ」

「……食器」

起死回生の一手として、律はそう言った。初露の宝石みたいな目が細められ、意図を探るように首が傾《かし》ぐ。

「食器類は菜摘が用意してくれるはずだったから、この家には食器が無い。私はこういう時、パックから直《じか》に食べてなかなか食器を揃えない。こういうの嫌じゃない？」

果たして、初露は備え付けられているテーブルを叩きながら言った。

「テーブルにラップを巻いたら皿の代わりになるんじゃないかって思ったことない？　私はあるけど」

その言葉で、もう駄目だった。流石《さすが》に無い、と返した律は、既に彼女との同居を決めていた。初露はそういう無精なことをするタイプじゃない。むしろ器一つにこだわる方だ。そんな彼女がわざわざそう言ったのだから、口説き落とされて然るべきだった。

「契約だってどうせ二年でしょ。お互い就職して出て行くんだから、それまでは騙し騙しで逃げ切ろうよ」

千見寺初露は、戦争の方向性でも定めるような口調で言った。ラップを巻かれかけている哀れなテーブルを挟んで、じっと律のことを見る。

逃げ切ることくらいなら出来るかもしれない、と思った。長く人間と暮らしていけば歪みが出てくる。我慢が出来ないことも増えていく。でも、ゴールさえ設定されてしまえば、そこに向かって逃げ切ることくらいは可能なんじゃないかと。たかが二年だ。

これが意外と上手くいった。二人は就職しても、あの部屋を出て行かなかった。逃げ切るという目標が過去になった。

ところで、初露は恋人になった日を境に同居のことを『同棲』と呼ぶようになった。友達から恋人になる際に、初露はそういった細部にこだわった。細かい部分から調律することで、二人はスムーズに恋人に移行した。律が想像したのはテセウスの船だ。パーツを一つ一つ変えていって、初露は上手いこと船そのものを換えてみせた。今はどんな形をしているのか知るよしもない。


「尋常寺さん、死体を盗んだ動機は何ですか？」

「どうしてそれが聞きたいんですか？　センセーショナルな理由付けも大きなトラブルもないから、この話は映画化するには向かないと思う」

律が尋ねると、早島は少しだけ顔を顰《しか》めた。

「茶化さないでください。私は、あなたの話が聞きたくてここにいるんです。千見寺さんと交際を始めたのはいつからですか？」

「……茶化してませんよ。そっちこそ随分突っ込んだことを聞くんですね」

「いつからですか？」

「六年前です」


首吊り自殺があった家で暮らし始めて、一年八ヶ月が経った。

幽霊は一度も見なかったし、ネット回線は快適だった。逃げ切れるかを探っていた二人の足は、案外軽やかに生活を渡った。

これからの話をする段になって、二人はささやかな宴を開くことにした。初露がちょっと上等なスパークリングワインを開け、律は一日じゃ食べきれないような鶏の丸焼きを取り寄せた。

「律、お疲れー！」

「二年間逃げ切れそうでよかった」

言い合いながらグラスを鳴らす。琥珀色の液体を飲み干すと、喉の奥に火が灯るようだった。

「いいの開けたね。高かったんじゃない？」

「うーん、でも就職祝いだから。お互いに」

初露は都内のカプセルトイの会社に就職した。意外な選択に最初は面食らったものの、細かくて可愛くて無駄なものが好き、と語る初露の言葉で腑に落ちた。ガチャガチャっていうのは貴族の遊びだからね、と彼女が笑う。

「でもまあ、律のは就職っていうのかなって感じだけど。在宅ワークなんでしょ？　いいなあ」

「自営業者を敵に回すような発言を。ちゃんと納税してるんだからな。通わなくていいのはその通り。……初露はどうするの？　家」

さりげなく切り出すと、初露はううんと唸《うな》った。

「ここから会社、通えなくないけど。社宅があるから迷ってるんだよね。律との暮らしもこの家も気に入ってるから、ちょっと惜しい」

ちょっとなのか、と思った。その副詞こそ、ちょっと気に食わない。この一年八ヶ月で目立った衝突は無かった。お互いのルールを探り合いながら、二人は極めて良好にやってこれたのだ。律が二日連続で同じパジャマを着ていても、初露がお菓子で夕飯を済ませてもお互いに干渉しなかった。それがどれだけ住みやすかったことか！

「このままずっと暮らし続けたらどうなるんだろ」

まるで明日の天気がどうなるかを気にするような口調で、初露が言った。天気よりも他人事な口調だったかもしれない。晴れでも雨でもあんまり関わりが無さそうだったからだ。律は少し想像する。停電の中でも物の配置が分かるくらい慣れ親しんだ部屋を見る。

「……それはまずい気がするって。ほら、ライフステージ？　とかどうすんの」

内心の動揺を悟られないよう、努めて冷静に答える。

「え、律がそういうこと言うの？　あんまりそんなこと気にするタイプじゃないでしょ、律は」

スパークリングワインをぐっと傾けながら初露が言う。

「女二人暮らしをずっと続けるのも幸せかもしれないけどね。私、律との生活好きだよ」

初露はそんなにアルコールに強い方じゃなく、一杯目から目を赤くしていた。彼女が飲むのはよっぽど特別な時だ。それに思い至った時に、初めてこの生活が終わる実感が湧いた。

綺麗に巻かれた初露の髪は、律がやった。意気揚々とカールアイロンを買ってきたのに、全く使いこなせない初露が哀れになったのである。彼女の童顔に巻髪が似合うことを知ってしまったら、朝の十分をくれてやっても構わなくなってしまった。

「今だから告白するけど、たまに初露の寝顔見てたよ。クーラーつけないで寝てるから眉間に皺寄ってってさ」

「や、まじまじ見ないでクーラーつけてよ。そんなこと言うなら、テレビで感動的なＶＴＲが流れる時に目伏せてるの知ってるんだからね。泣けばよかったのに」

終わりを意識してしまったからか、妙な思い出ばかりが頭の中を過《よぎ》った。生活の走馬燈だ、と思う。ぐるぐると回っていく千見寺初露のことを考えていると感傷的になりそうだったので、ワインのボトルに手を伸ばす。泣けばよかったのに、と言われたくはなかった。

その時、偶然手が触れた。下戸《げこ》のくせにペースの速い初露が、さっさとグラスを空にしたせいだった。

「あ、ごめん」

「いや、こっちこそごめん」

お互い、反射的に謝っていた。別に謝ることもないのに。初露は出会った頃にしていたジェルネイルを取って、艶やかな爪を丸く研いでいた。触れ合っても痛くなんかなかった。ややあって、初露が言う。

「ああ、なんだろ。このこと走馬燈に出てくる気がするな」

その単語のチョイスが駄目だった。同じ物を食べ過ぎて、身体の中に溜まる語彙《ごい》まで同じになってしまったんだろうか。綺麗な夕焼けを見た時に同じ語彙を持つ女のことを思い出したくはなかった。同じ窓から見て、同じ言葉を聞きたい。

さっき触れ合った手を掴む。さっきよりずっと触れている時間が長いのに、今度は謝らなかった。

「あと二年くらい騙せないかな。騙し騙しで逃げ切るんでしょ」

「あは、律の手すごい熱い。どうしたの」

「更新しよう。その髪に未練あるでしょ」

我ながら他に口説き文句はあったんじゃないかと思ったのだけれど、それしか言えなかった。ただ、尋常寺律に甘い千見寺初露には効いてしまった。握られたままの手を押し返すような形で、初露が体重を預けてくる。

ブルーベースの自分とイエローベースの初露では、選ぶ口紅の色がまるで違う。だから、唇を合わせれば色が混じってしまうのだ。案の定、赤みが強い律の口紅が初露の付けているピンクベージュを台無しにした。なのに、それが嬉しかった。

小さな口の奥で震えている舌を軽く噛むと、怒ったように初露が肩を叩く。けれど、最初にキスをしてきたのはそっちだったので、構わず舌を絡め続けた。離れた時に冗談のようになったら傷つくだろうな、と頭の中で考えたことを覚えている。

離す頃には、初露の手は真っ白になっていた。こっちの方がよっぽど謝らなくちゃいけないだろう。初露は酷い色合いになった口紅を雑に拭って笑ってみせた。

「エンドロールに流れる肩書きが親友だと勿体《もったい》ない気がしてきた。付き合おうよ、律」

こういった詳細の全てを目の前の刑事に話したわけじゃない。律が口にしたのは「まあ、なりゆきで」というシンプルな七文字だけだった。なりゆきではあったのだと思う。

「多分、気が合ったんだと思います。考えてることの波長が合うっていうのかな。みんな一度は親友と付き合ってみたいと思うと思うんですけど、そんな感じです」

　そこで言葉を切って、早島のことを窺う。ここまでの話がどう受け取られているのかは分からなかった。なので、薄い笑みを浮かべて尋ねてみる。

「ところで、早島刑事さんはどうしてこうも動機にこだわるんですか？　裁判で有利になるとかなら別にいいんですけど。私、罪を軽くしたいとかそういう気持ちは無いので。ずっと思ってたんですよ。警察の人はどうして犯人が分かっただけじゃ飽き足らず、動機まで気にするんだろうって。そこから先って警察の仕事というよりは探偵とかの仕事じゃないですか？」

「この事件はまだ終わっていません」

「というと？」

「千見寺さんのご両親は、娘さんの遺体のある場所を知りたがっていました。私達は銀行強盗の犯人を捕まえても、盗んだ現金がどこにあるかを探します」

「けれど、早島さんはもう私が遺体をどうしたのかご存じなんだと。だって、そうじゃなかったらそんな目しないでしょ」

　千見寺初露の遺体が、もうこの世のどこにも存在しないことを、早島は知っているはずだ。そうでなければ、改めて話しになんてこないだろう。早島が微かに表情を固くしながら言う。

「千見寺さんのご両親とは会ったことがありますよね？　何度も」

「そうですね」

「千見寺さんのご両親はあなたを『娘の大切な親友』だと言っていました。だから余計に理由を知りたがってたんだと思います。納得が必要だった」

「……初露の家は親と仲が良くて、私を実家に泊まらせたりもしてました」

「親友として？」

「ええ。親友として」


初露の両親に、この関係について話したことはなかった。

二人並んでご挨拶、なんてことはせず、実家に行った時は出された石狩鍋を親友としてつついた。そして、最近の初露のことを話す。初露が最近、十年くらい前のドラマに嵌《は》まって延々と観ていることや、パックのアセロラジュースを箱買いしたことを語る。

けれど、同じベッドの中で眠る初露が必ず自分に足を絡めて冬を報せることは言わない。情報の取捨選択だ。

「長く初露と仲良くしてくれてありがとうね。律さんと出会ってから、初露は楽しそうで」

近況報告を受けながら、初露の母親は笑って言った。食洗機に皿を放り込むのを手伝っている時のことだった。初露の家は器が沢山あって、魚一つ載せるのにも色の似合うものを選ぶのだった。

「あまり楽しそうだから、もうあの家を出られないんじゃないかって。行き遅れに巻き込んでしまうんじゃないかって申し訳ないんですよ」

「私も初露との生活は楽しんでますよ。ずっとそうしていたいくらいです。一緒にいてくれている初露には感謝してます」

「初露は律さんの話ばっかりするんですよ。だから、律さんのことばっかり詳しくなる。最近のご活躍もめざましくて」

「変なこと言ってなかったらいいんですけどね……」

律はざらざらとした手触りの黒い皿を撫でながら返す。

初露の実家に泊まる時は、初露の部屋で寝るのが決まりだった。初露は子供の頃から使っているベッドで、律は床に敷かれた来客用の布団で。布団はいつでもふかふかだった。きっと律が来ると知って乾燥機にかけたのだろう。

けれど、その布団は殆ど使われなかった。シングルベッドでぴったりと寄り添いながら、初露が笑う。

「お鍋の時、私が足で突《つつ》いても無視してたでしょ」

「無視するよ。というかよくバレなかったね。娘の足癖が悪いって泣かれるところだったじゃん」

そう言うと、初露がさっきのように爪先で足の甲を撫でてきた。器用なやり方だと思う。こんなことを両親の目の前でやるんだから、意図は明白だった。悪戯好きな足を手で捕まえて、隙間を埋めるように彼女のことを抱きしめる。小さなベッドは、家の物よりも派手に軋《きし》んだ。

「さっきのお母さんとの話聞いてたな？　悪趣味め」

「自分の恋人が母親と何話してるか気になるよ」

望まれていることは分かっていたけれど、律は敢えてそれを口にしなかった。初露だってあそこに無理矢理入ってきて、母親の目の前でキスをしたりはしない。お互い様だ。

「言う時は派手にやろうよ。豚の丸焼き買ってきて、半分に割いたら私達のフィギュアが出てくるとか」

「嫌すぎる」

「そう思うと楽しみだね。言うの」

初露がけらけらと楽しそうに笑う。ばたつく足を捕まえて、甲に歯を立てた。足癖の悪さを諫《いさ》めるように、強めに吸って跡を残すと、初露が「あっ」と慌てた声を上げた。

「……私が履いてるパンプス、甲のとこあいてる」

「え、」

「いいよ、もう。この家にも絆創膏《ばんそうこう》くらいある」

諦めたように初露が言って、自由な方の足を腰に絡めてきた。

「声あんま出さないでよ。ほんとに」

「大丈夫、この部屋防音だから。私、ピアノやってたんだ」

「その嘘聞くの八回目」

言いながら太股に唇を寄せる。ぴく、と身体を震わせる初露は、冗談めかした口調に反して従順に息を潜めていた。声を抑えてと言ったのは自分なのに、唇をこじあけたくてたまらなかった。このベッドが、千見寺初露の人生を受け止め続けてきたからかもしれない。

「関係のことについてお話しすることはなかったんですか?」

「初露の親から『娘と仲良くなってくれてありがとう』って何度聞いたか分かんないんですよね。多分、本心から言ってたと思うんですけど。それを聞いた上で、言うのもなって」

千見寺家の石狩鍋は味噌からこだわっている手間の掛かったものだ。初めて石狩鍋に出会った律が美味しい美味しいと喜んだから、律が来る時はいつも石狩鍋が出てくるようになった。

「でも、初露の両親のことは好きでしたよ。すごく」

「その千見寺初露さんのご両親が、共に行方不明になっています」

なるほど。だから『知りたがっていた』という表現になったわけだ。今更ながら腑に落ちる。

「行き先をご存じですね？」

「予想はつきます。初露のことが本当に好きだったんですね」

思わず笑ってしまう。物事は予想より早く動き出している。

「初露の話をしてもいいですか？　あの子って、一人っ子なのに末っ子気質なんですよね。だから甘えたがりだし、甘えるのもすごく上手い。同居人に毎朝髪を巻かせる奴います？　いや、恋人だったか」

好きに話させようと思っているのか、早島は口を挟まなかった。それを良いことに、律は続ける。

「でも、甘やかすのも同じくらい上手かったんです。私、結構忘れっぽいし、物とかもよく失くすんですよね。一緒に旅行行ってもあれが無いとかこれを忘れたとかをやらかしがちで。それで落ち込むから、場の空気をめちゃくちゃ悪くするんです。初露と初めて行った旅行の時も同じだった。でも、初露は笑って『行った先で買えばいいよ。ご当地のものならお土産にもなるでしょ』って」

思えば、その言葉がなければ、律は初露の告白を受け入れたりしなかったんじゃないかと思う。あの言葉で、初露とはずっと一緒にいられるんじゃないかと思ったのだ。

「旅行ですか。どちらに行かれたんですか？」

「色んなところに行きましたよ。私は旅行好きですし。車で行けるところならどこでも行った」

「運転はあなたがしていたんですね？」

「初露は免許を持ってなかったので、運転したのは私だけです。でも、私のセダンの色決めたの初露なんですよ。赤とか目立って仕方ないからやだって言ったのに」

「そのセダンですが、仙台駅近くに乗り捨てられていましたね。そこからあなたは、新幹線で東京に戻って自首をした」

「そうですね」

少しの思いつきで車を乗り捨て、二時間ちょっと新幹線に乗った。そこで最後の仕事をやり終え、それから自首をした。何も間違っているところはない。

「尋常寺さん」

早島が、丁寧に言葉を切った。

「あなたは『回樹』の下に向かったんですね」

律は静かに頷きを返す。

『回樹』とは五年前に秋田県のとある湿原に出現した、全長一キロ程度の巨大な人型の物体だ。顔は無く、体つきは男と女の中間であった。身体は薄青色をしており、空を切り取って固めたように見える。

回樹は一夜にして出現し、そこには前触れも予兆も何も無かった。衛星のデータを確認したところ、回樹が出現したと思しき午前二時三十一分から三十二分の間は映像が途切れていた。

回樹の取っている姿勢は回復体位と呼ばれるものである。横向きに寝転び、膝を九十度に曲げて身体を支え、上側の手——回樹でいう左手を顎の下に差し込み、枕にしたような姿勢である。

回樹の『回』とは、回復体位に由来するが、『樹』は、この物体を見学に来た地元の林業者が名付けたものだ。

仄青く光るこれを、彼らは当たり前のように樹と呼んだ。回樹が寝転んでいるところにはかつて樹が生えていたのだから、それを押しつぶすように生えてきたこれも樹だろう、という理屈である。

回樹の存在は瞬く間に話題となり、インターネットの玩具にもなった。みんながみんな、好き勝手にこの樹の正体を予想し合った。神に類するものだと言う人間もいれば、宇宙からのメッセージであると言う人間もいた。秘密裏に国が開発していた兵器だという主張も人気があった。

政府は当然対応に追われた。すぐさま各分野の専門家を集めた調査チームが組まれ、回樹の解明にあたった。

しかし、調査は難航した。難航した、というより殆ど進まなかった。

回樹はこの世にあらざる物質で出来ており、どんなものであっても損なわれなかった。欠片《かけら》を分析に回すことも出来なかった。

打撃を加えると、こぉんとそぐわない音が響くばかりで、衝撃は吸い込まれてしまう。それは、穴の中に物を落とした時に似た音で、物と物とが激しくぶつかり合う音ではなかった。

X線を通さず、加熱にも冷却にも反応しない回樹は、いよいよ混乱を引き起こした。撤去しようにも、巨大な回樹は動かすことすら出来なかった。これだけの質量のものを切り分けずに運ぶことは難しい。仮に移動出来たとして、どこに捨てればいいのかが分からなかった。

回樹が人型であるということが国民の不安を煽った。あの奇妙な樹が起き上がり、自分達を襲ったらどうするのかと連日ネットが騒いだ。一部では、あんなものは存在せず、メディアがまことしやかに作り出したフェイク映像だという話も持ち上がった。

誰も彼もが回樹に興味を示し、それの解明を望んでいた。

ありとあらゆるプロフェッショナルが回樹の調査に挑み、そして何の成果も得られずに去って行った。回樹に対する関心は、その中身がすっかり暴かれるまで尽きないと思われていた。

しかし、五年経った今は回樹についての議論はすっかり落ち着いている。国民はあるべきものとして受け入れ、全ての調査はあっさりと打ち切られた。

回樹の最も根本的な性質が明らかにされたからだ。

以来、回樹は出現した時と変わらない姿でそこに在り続けている。

「回樹については、どのような認識でいましたか？」

「その辺りもちゃんと聞かなくちゃいけないんですね。大体理解してるんじゃないですか？　……まあ、別にいいです。私も、大体の知識はネットで調べました。都市伝説みたいなものっていうか……そうだ、早島さん。お墓の買い方って知ってますか？」

「……墓地を見繕うのが最初でしょうか。そこからは、あまり。区画が売っているのか……」

「墓地を知らない人はいないのに、買い方になるとよく分かんないですよね。私は最初に石屋さんに行くのかと思ってました。私と回樹もそんな感じの距離感でしたよ。必要な段になるまで調べなかった。自分の人生には関わりのないものだと思っていたので」


回樹の奇妙な性質が明らかになったのは、出現から一月が経った頃の話だ。しかも、偶発的な事故が原因だった。

全く進展しない調査の最中に、松木という名の男が死んだのである。

松木はとある大学から派遣されて来た、植物地理学の研究者だった。彼は回樹そのものというより、回樹が出現したことによって周りの植物がどのような影響を受けるかを調べていた。

彼はいつも通りに回樹の下にやって来て、回樹の近くで植物を採取していた。そこで突然、意識不明になった。彼は元々心臓に病を抱えており、調査中に偶然発作が起こってしまったのである。周りは懸命に処置を行ったが、ドクターヘリが到着する前に死亡した。

回樹に異変が起こったのは、その時だった。

何の刺激も加えていないのにも拘《かか》わらず、回樹が例のこぉんという音を断続的に鳴らし始めたのだ。それと共に、回樹が震え始める。周りにいた人間は慌てて回樹から距離を取った。しかし、回樹の震えは全く地面に伝わらず、やがてあっさりと止まった。

そして、気づいた時には松木の姿が消えていた。

研究者たちは同僚の姿を探したが、周囲一帯を探しても見つからなかった。そこでようやく、回樹の姿を撮り続けていた監視カメラを確認しようという人間が出てきた。

高性能カメラは、あの時何が起こっていたかをちゃんと記録していた。

振動し続ける回樹に向かって、松木がゆっくりと引き寄せられていく。見えない手が彼を導いているかのようだ。そのまま松木と回樹の距離が縮まり、双方の輪郭が触れる。今まで何も通さなかった回樹が、松木の死体を食《は》むように吸収していく。

すぐさま、松木が吸収された場所に掘削用のドリルが当てられたが、回樹は相変わらず何をも通さない堅牢さのままだった。

死体を吸収する。それが、初めて分かった回樹の性質だった。


「『暗闇坂の人喰いの木』という小説があります。さらし首の名所だった暗闇坂という場所に生える巨木を巡るミステリなんですけどね。タイトルからも分かる通り、この木が人を喰うんです」

「流石にお詳しいんですね」

早島が訝《いぶか》しげに言う。褒められている気はしなかった。むしろ、悪趣味さを責めているのだろう。

「でも、この物語はミステリですから、一応の解決を見せるんですけどね。面白いですよ。良かったら読んでみてください。……でも、現実は恐ろしいですね。本物の人喰いの木があるんですから」

「私にはあれが木には見えませんが」

「そうですか？　近くで見ると、あれはなかなか木でしたよ。遠くから見るとよく分からないんですけど、回樹はちゃんと生きてます」

近くで見た時の、あの震えるような感動が忘れられない。五年前から回樹のことは興味の対象だったが、どうしてもっと早く回樹の下に来なかったのだろうと思うほどだった。背中に負った初露の重みすら忘れて、律はしばらく回樹を眺めた。それほどの衝撃だった。

回樹が松木を飲み込んでからは、手早く実験が進められた。

ありとあらゆる動物の死骸を回樹の下に置き、同じことが起きるかを調べた。しかし回樹は犬にも猫にも反応しなかった。人間に近いものとして見繕われた猿でも駄目だった。

回樹が吸収するのは人間の死体だけだったのだ。

こうして、進んだかに見える調査はまたも暗礁に乗り上げた。この得体の知れない代物は人間の死体を吸収するらしい。そこから先が続かないのだ。

そうなると、気になるのは次のようなことだった。果たして回樹は人間の死体なら誰の物であろうと吸収するのか？　それは年齢性別人種に拘わらないのか？　人間の死体の一部であっても回樹は反応を示すのか？

それらの疑問を解消する為には、更なる人間の死体が必要だった。しかし、正体不明の回樹に提供する死体を募ることは研究者たちの中でも議論を呼んだ。回樹にこれ以上人間を飲み込ませていいはずがない。ただ、回樹に人を飲み込ませることを死者への冒瀆だとも言い難かった。松木はどうあっても回樹から取り戻せないからだ。

次第に、死体を飲む回樹は天国や地獄と同じ文脈で語られるようになった。回樹に飲み込まれた人間の魂はどうなるのか。あの中には何があるのか。回樹こそが楽園なのではないか？

次の手立てが浮かぶ前に、事態が動いた。

松木の妻が、異様な熱心さで回樹の下に通うようになったのである。

最初は、死んだ夫のことを偲《しの》んで足繁く通っているのだろうと思われていた。彼女と松木は仲睦《なかむつ》まじい夫婦として評判だったからだ。突然夫を亡くしたことで気持ちの整理が出来ていないのだろうと。大切な人を弔《とむら》うことも出来なくなってしまった彼女に、最初は誰もが同情していた。

つまり、誤解されていたのだ。

彼女は回樹という奇妙なものに夫を永遠に奪われた可哀想な女で、夫は回樹というものを解明する為の最初の犠牲になったのだと思われていた。それが見当違いも甚《はなは》だしいと、最初は誰も気づかなかった。

彼女は悲しみに暮れているわけではなかった。回樹を見つめる彼女の顔が、春の海のように凪《な》いでいた。訝しがり始めた周りに向かって、彼女は笑顔で言う。

「回樹が愛《いと》おしいんです。あれはあの人そのものだから」

その言葉が全てだった。穏やか極まりない顔で、彼女は続ける。

「私、分かるんです。あの人があそこにいるということが。回樹はあの人そのものです。私はあの人をまだ愛している。そして、これからも愛し続けるでしょう。それだけの話です」

こうして、回樹の第二の性質が判明した。

愛する者の死体を飲み込まれた人間は、かの人を愛するように回樹を愛するようになるのだ。

回樹の調査が立ち行かなくなったのは、この性質が原因であった。回樹に愛しい者の死体を吸収された人間は、回樹にその愛情を転移させるのだ。夫を愛するように回樹を愛するようになった彼女の姿を見て、次が続いてしまったのだ。

調査に当たっていたとある生物学者が、棺と共に回樹の下へとやって来た。中にいたのは、十二歳になったばかりの娘の遺体だった。

「妻から引き継いだ遺伝性の難病なんだ。三年前からずっと闘病を続けていたが、先日亡くなった。この子を回樹へと取り込ませたい」

周りは強硬に反対したが、その研究者は土葬や海洋葬と同じだと言って譲らなかった。それに、娘の遺体の所有権を主張されては手も足も出なかった。妻は既に同じ病気で亡くなっており、彼は一人で娘のことを育てていたからだ。娘の遺体は彼の物だった。

愛情の転移はしっかりと起こった。娘の死を悲しんでいた彼は立ち直り、回樹を娘と同じように愛した。そして、自分は回樹の全ての機能を理解した、と触れ回った。

「この国には、これ以上墓を建てる土地が無い。だが、人は死に続けるし墓は必要とされている。

その為に回樹が生まれたのだ。人が墓に求めるものの全てが、回樹には詰まっている」

いつの間に宗教学者になったのだ、という揶揄《やゆ》も飛んだ。だが、彼は真面目な顔をして、主張を一切取り下げなかった。それどころか、調査そのものを打ち切るべきだという話まで持ち出してきた。

「あれは瑞葉《みずは》そのものだ。私には分かる」

瑞葉、というのが娘の名前だった。

三番目の死体が大きな転換点になった。土地を所有していた地元の顔役が、父親である道具《どうご》という名の男を回樹に飲み込ませてからだった。調査を認めてもらっていた分、彼の申し出は断れなかった。

道具はこの辺りを纏め上げていた男で、一帯の人間に慕われていた。それ故に、道具の遺体を回樹に飲ませる日は、沢山の人間が参列した。瘦せ衰えた老人の身体が、巨大な人間の膝に飲み込まれていく様を、人々は涙と共に見送った。

そして、これまでに無い規模の転移が起こった。

今までは妻から夫へ、父から娘への転移だった。一対一の愛情だ。しかし、道具を慕っているものは多かった。娘や息子は勿論、道具の介護を担っていた使用人から、道具の為なら命も惜しくないという村の青年まで、沢山の人間が回樹を愛するようになった。道具という男の人徳が窺い知れる結果だった。

道具事件と名付けられたこの一件があってから、回樹の調査は難しくなった。回樹を愛する人々が、この樹の所有権を主張し始めたのだ。長い間回樹についての調査を行っても何も分からなかったのだから、ここらでお暇《いとま》願いたいというわけだ。

研究者たちも国も激しく抵抗した。だが、道具の一派も譲らなかった。調査の中断を求める一方で、道具の一派は回樹のことを周りに伝えた。

「愛しいものの亡骸《なきがら》を回樹に預ければ、その者は決して滅びない。道具はまだあそこにいる。自分らを愛してくれている」

その言葉を信じたのは一部の人間だけだった。悲嘆に暮れ、天国にも来世にも大切な人を託せなかった人々は、亡骸と共に回樹に集った。そうして回樹を愛するようになり、救われた。回樹を愛するようになった人間は、言葉によって回樹を広めた。そうしてまた、回樹に救いを求める人が増えていくのだ。

愛情を取り込む回樹の性質が原因で、回樹を守ろうと動く人間はどんどん増えていく。静かに、けれど確実に回樹の根は伸びていった。回樹によって救われた者の噂は、漣《さざなみ》のように広がり人を呼ぶ。何しろ回樹は大きかった。その全てを見張ることは出来なかった。

丁度一年が過ぎる頃に、回樹の調査が打ち切られた。

不自然なほどスムーズに、回樹から一切の手が引かれた。だが、回樹の性質を理解した人間にとっては、これは当然の流れだった。愛する人間を人質に取られたようなものだ。そう呼ぶには少し甘やかな流れだったが、そう考えるしかなかった。

回樹は最愛の恋人であり、親であり、子供であった。

「……実際のところ、この国にどのくらい回樹を愛する人間がいるんでしょうね。今の回樹の扱われ方を見れば、相当権力を持った人が回樹を愛していることは分かりますが」

「……そう考えると、少し気味が悪いですけどね。他人の愛情に寄生しているだけじゃないですか？」

「私もそう思いますよ。その点もかなり回樹は植物なんだなーと思います。植物の多くは動物を使って種子を散布してもらいますよね？　果実を鳥が食べて、排泄を通して遠くまで……。回樹にとって人間が鳥です。そして、種が言葉。回樹を広める言葉。肝心の果実が愛だ。利用されてると分かっていても、私達はその味から逃れられない」

律は面白がっているような口調で言う。実際、回樹の生態は興味深かった。およそ植物には見えない外見なのに、あれはやはり『樹』であるのだ。その点は林業者が正しかったことになる。

「……回樹の第一の性質として、死体を呑むことがあります。第二の性質が、呑んだ死体の愛情を自らに移すこと。そして、第三の性質として、その存在を広く知らしめたくなる、というのが上げられているそうですよ。これは第二の性質と極めて似通っているので、改めて取り上げられることもないんですが。でも、私はこれこそ回樹の一番重要な性質だと思っていますよ。回樹が個人的な墓標になってしまったら、それ以上の広がりがない。だから、新しく回樹を愛そうという人間を拒まない。だから、私が行ったときもスムーズに受け入れてもらえました。きっと初露の両親も優しく受け容れられていますよ」

回樹の保護団体の人々は結構な人数がいた。彼らは交代で回樹の管理を行っているというから、実際はもっと多いのだろう。回樹の大きさは五年前から成長していないが、その影響力はどんどん大きくなってきている。

現れた律の事情を聞いた彼らは、回樹に向けるのと同じ慈《いつく》しみの目を律に——そして、律が運んできた初露に向けていた。まるで、千見寺初露までもが自分達の愛の対象であるかのように。性質だけを追えば、ただの共同墓地でしかないものが、特別な意味を持つ。

「それじゃあ、尋常寺さんは自分の恋人への愛情を、回樹に転移させる為に遺体を盗み出したのですか？　……彼女のことを愛していたから」

早島が苦々しく言う。

「千見寺さんのご両親からご了承が得られなかったから、あなたは遺体を盗むしかなかった。そうなんですか？」

彼女は回樹のことを調べる際に、色々な事例を目《ま》の当たりにしたのだろう。回樹に対する愛情の転移がまことしやかに囁かれていても、あの得体の知れないものに自分の大切な者の遺体を飲み込ませることに抵抗する人間は多い。回樹のせいで遺族間が対立する例はままあるのだ。ややあって、律は言う。

「少し違いますね」

「……どういう意味ですか？」

「初露の家は古風でしたから、回樹に娘を飲み込ませることに同意しなかっただろうなっていうのが犯行の動機ではあるんですけど。少し違う。そんなにいい話じゃないですよ」

ままならない話を語る段になったのに、律の口元は何故か微笑んでいた。自分でも、どうして笑っているのか分からない。まるでとっておきの秘密を教える時のように言う。

「私の動機は、愛じゃないです」


交際四年目に差し掛かる頃から、少しずつ二人の間は噛み合わなくなっていった。

恋に落ちた時とは逆だ。気にならなかったことが気になるようになり、今まで美徳だと思っていたところが、赦《ゆる》せない汚点に変わる。会話をすることに気を張るようになり、居心地の悪い時間が増えた。

倦怠《けんたい》期だったのかもしれない。嫌いになったわけではなく、上手くいかなくなっていた。そのことに、初露はあからさまに焦りをみせた。この時も二人の為に頑張っていたのは初露の方だった。彼女は二人を終わらせたくなかったのだろう。

ただ、そのやり方が功を奏したとは言い難い。初露がやったのは度を超えた束縛と、気を引く為の狂乱だ。何度スマホを壊されたか分からないし、何度浮気をちらつかされたか分からない。知らない人間を家に連れ込まれることに怒り狂えたのは最初だけだった。初露が満足するほどの怒りを見せるのには体力が要《い》った。

初露が馬鹿だったとは言わない。がむしゃらに繋ぎ止められたことで救われた部分も沢山あった。ただ、それに付き合う体力が無かった。

「怒ってる?」

大喧嘩をした後で、初露は決まってそう尋ねた。採点でも待つような顔で、不安そうに言う。

「怒ってない」

「嘘だ、怒ってるもん」

「怒ってないって!」

大声を出すと、初露の身体が大きく跳ねた。唇を噛み、痛みに耐える初露は、傍目《はため》から見ても哀れだった。

「……律、ごめん。ほんとは、こんなことになるはずじゃなかったんだ。だから、」

初露が俯《うつむ》く。気を引く為に荒れて傷ついて、でも反省している初露。自分の至らなさに気づき、彼女を蔑《ないがし》ろにしていた自分を顧みる律。役割分担は決まっていたし、何度も繰り返していたことだった。雨を降らせて無理矢理地面を固めるような対症療法で、二人はなんとか関係を保っていたのだ。ここまではお決まりの流れ、儀式のようなものだった。律が次に言うことは決まっている。

「大丈夫。分かってる。……初露、好きだよ」

その言葉で、初露がほっと顔を綻《ほころ》ばせる。さっきまで散々傷つけられていたのに、律のその言葉だけですっかり自分たちが『大丈夫』に戻ったのだと思い込んでいる。何かを了解する為に伸ばされた手の爪が、丸く綺麗に整えられている。かつて愛しく思っていた要素は、変わらずそこにある。

律は初露の手首を摑み、相変わらず形の良い耳元に囁いた。

「怒ってないって言葉は信じないのに、好きだよって言葉は信じるんだね」

初露の身体が硬くなる。予想外の角度から差し込まれた言葉が、彼女の心を的確に傷つける。この場所は律にしか触れられない。もっと傷つけばいい。

「傷つくくらいならやんなきゃいいのに。ほんと、初露はアホだなあ。あんたの悪意なんて爪でひっかくみたいなもんだけど、跡は残るしちゃんと痛いよ」

初露の顔は真っ白になっていた。噛みしめた唇だけが不自然に赤い。それを見て、少しだけ胸がすく。

「まあいいけどさ。これから二時間くらい何も考えないでいようよ。これ以上言い合いになったら、駄目になっちゃうかもしれないからさ」

そう言いながら、なんだか泣きそうになった。この期《ご》に及んで涙の一粒もこぼれないことが悔しかった。

「何がいけなかったのかは分からないんです。確かに忙しかったですけど、初露との時間を取っていなかったわけじゃなかったですし」

殆ど初対面である早島に、こんなことまで言っているのがおかしかった。あの頃からずっと、律は誰かに話を聞いて欲しかったのかもしれない。

「千見寺さんとはそれからも暮らしていたんですよね？」

「暮らしてましたよ。でも、こんなことになっちゃったから、私もあんまり家に帰らなくなって。それでまた初露が怒るんですよ。この繰り返し」

取調室のちゃちなパイプ椅子に寄りかかって、足を伸ばす。

こうして、崩壊がやって来た。随分あっさりとした、凡庸な破局だった。


その日、初露はタオルを巻いたままの姿でソファーに寝転んでいた。何をするでもなくテレビを眺め、湯冷めも構わずにボーッとしている。腕も脚も惜しげもなく晒《さら》されていた。元に戻っただけなのに、決定的に失われてしまったものが痛いくらいだ。

カレンダーを確認してから、初露の背後に回った。なるべくいつも通りに、律は言う。

「お誕生日おめでとう。初露。二十八歳だっけ」

「……そうだよ」

言いながら、初露はタオルを床に落とし、ワンピースタイプのパジャマに着替える。遙か昔に律があげたものだ。肘の部分の生地が薄くなっている。

「私の誕生日が世界で一番嬉しい日だって、まだ言ってくれる？」

「言えるよ。……世界で一番嬉しいし、この世界で一番初露が好き」

その言葉に嘘はなかった。この世界で一番、千見寺初露を愛している。けれど、その愛は消去法だ。他に高得点を取る人間がいないから、四十点の人間が冠を戴いてしまうような寂しい話だ。

初露だって気づいている。その冠の重さに耐えられないほど、自分が軽くなっていることを。本当に申し訳なく思っている。でも、どうしたらいいか分からなかった。

この世界で息をしている限り、一分一秒ごとに終わっていく。まだ律の中に残っている愛情さえも、爪を立てられて削られていく。なら、自分はどうしたらいいのだろう？

「律」

気づくと、初露が目の前に居た。濡れた髪から水滴が落ちるのも構わずに、律の肩を摑んでいる。何、と律が言うよりも先に、初露が言った。

「……私、子供を産もうと思う。というか、産みたい」

「え？　ちょっと待って。……何言ってんの？」

「……この間、新しく法律が出来たの知ってる？　今まで人工授精の対象者は結婚してる男女か事実婚をしてる男女だったけど、ここに同性カップルも入るようになったの。私と律なら人工授精を受けられる。六年以上も住めば認められる、きっと」

初露の目は本気だった。冗談なんか少しも無い。ひく、と喉が鳴った。

「……どうしてそうなんの？　え、それ、私に聞いてどうするの？」

「律と私のことだからだよ。私、律との子供が欲しい。そういう未来を考えちゃ駄目かな」

「……駄目って、わけじゃないけど」

口ではそう言いながらも、心の底から拒絶していた。延長し続けてきた関係も、カンフル剤のように繰り返された大喧嘩も、それでもこの家に住み続けていた罪も、全部疎《うと》ましかった。ここに来て初露との未来を考えられるほど、尋常寺律の中に愛情は残っていなかった。

だからだろうか。律の口から、自分でも信じられない言葉が出た。

「…………ていうかそれ、私の子供？　愛せないよ」

「そんなの分からないよ。きっと、律は愛せると思う」

「それはそうかもしれない」

律が言うと、初露が希望をもって顔を上げる。ただ、そこに続いた言葉は、彼女の一切を打ち砕いた。

「愛情なんて努力だからね。初露が産むその子供を欠片も愛せなくっても、私は上手くやると思う。でも、そんなことしたくない。絶対に」


「ここから、少し個人的なことをお尋ねしてもよろしいですか」

「いいですよ。何でも聞いてください」

「千見寺さんと子供を育てる選択肢は考えられなかったんですか？」

「どー……です、かねえ。欲しかったですよ。初露の子供。見てみたかった。でも、そこから背負っていけるかとか全然考えたことなかったから」

他人事のようにそう回想する。自分でも、あの言葉の意図がよく分からない。

「初露と知らないやつの子供じゃんとか、思ったのかもしれないですね。こういう形で子供を持って幸せになってる人たちも沢山いるのに。どうしてそう思えなかったんでしょう。よく分からないです。それとも本当に初露に冷めてて、責任が発生するのが嫌だったのかな。分からないです」

もしあそこで初露の話をちゃんと聞いて、真剣に向き合っていたらどうなっただろうか。答えの出ない問いをぐるぐると考え続ける。

「でも、はっきり思ったことがあるんですよ。……生まれる子供が男だったらヤだな、って。この感覚、分かるかな。分かんないかもなあ」

何にせよ、今となってはどうでもいい話だ。向き合っていようが向き合っていまいが変わらない。初露が事故に遭ったのは、会社に向かう道すがらだった。時間をきっちり守る初露は、いつも通りの電車を降り、信号待ちをしているところで事故に遭った。横転したバイクに突っ込まれ、そのまま跳ね飛ばされたのだ。

たとえあそこで律がちゃんと初露の話を聞いていても、この未来は変わらなかっただろう。どんなに悲しくても、どんなに嬉しくても、初露はちゃんと同じ電車に乗る。結局、初露が子供を産む未来なんてなかったのだ。

「知らせを受けて最初に思ったことが何だったか、一生忘れないと思います」

「……何ですか？」

「『〆切前に死ぬなよ』ですね。私、一年越しにやってた連載がそろそろ終わるところだったんです。手間も掛けてましたし、愛着もあったし、完成したら傑作になるだろうと思ってました。で、最終回の原稿をやってる最中にこれです。正直、勘弁してくれって思いました。今じゃなかったらいつでもよかったのに、って」

そう思った瞬間、自分でも引いてしまった。仮にも恋人が死んだというのに、間の悪い通り雨のような扱いをしていいはずがない。自分はこれを不適切な思いだと理解している。不誠実だし、初露が可哀想だ。でも、最初にそう思ってしまった事実は変えられないし、今でさえそう思っている。死ぬのなら、もう少し後にしてほしかった。

それでも、律は原稿を放り出して病院に向かった。初露の為なら少しくらい原稿が遅れてもいいと思った。このくらいの遅れなら取り戻せると思ったから、病院に行ったのだ。

病院で死んでいる千見寺初露を見て、家の首吊りのことを思い出した。結局、幽霊も祟《たた》りもラップ音も無かった。だから、初露が夢枕に立ってくれることも無いのだろうなと朧《おぼろげ》気に理解した。初露と自分の関係が変わることは、もう無いのだ。

初露の両親が泣いているのを見る。同居人で親友である律には、是非とも葬儀に参列して欲しいとのことだった。なるほどな、と思う。こうなるのか。思っていたよりもいい待遇だった。これ以上のものはない。

初露の遺体は彼女の実家に運ばれた。長らく一緒に暮らしていた大親友である尋常寺律さん、は、苦も無く千見寺家に入り込むことが出来た。出来る限り葬儀の準備をしたいと言うだけで良かった。

律は、いつぞやの時のように初露の部屋に泊まることになった。あの時と同じように、客用の布団が敷かれている。律は初めて、その布団に寝転んだ。

隣のベッドで初露としたことを思い出しても、まるで心が動かない。自分がどうしてここにいるのかも分からなくなる。愛情か、それとも義務か。――誰かに教えてほしかった。

そこで改めて回樹を調べた。

回樹は死体を喰う樹である。人の形をした彼岸である。人間の死体を吸収し、愛情の転移現象を起こす。こうして見ると、回樹はとても生き物らしい性質を備えていた。実によく共生している。死んだ生物の愛情を引き取り、カッコウよろしく代わりに愛を受けている。それが、回樹が生き物である証明にも思えた。回樹はどこまでも利己的なのだ。

それでいて、回樹は生者が墓標に求めるものを全て備えている。回樹に死体を託せば、愛は不滅だという。愛する人がそこにいることを確信することが出来るという。

回樹とは死者への愛そのものと言っていいかもしれない。

ネットには回樹にまつわる体験談が沢山見つかった。多くは回樹によって救われたという記事や、相も変わらず回樹をアメリカの送り込んだ新兵器だと断じている陰謀論めいた記事だったが、その中に気になる話が出ていた。回樹に纏《まつ》わる性質で、今まで取り沙汰されていなかった部分だ。

その記事を読み終えた三分後には、遺体を盗むことを決めていた。

「その記事には一体何が？」

「回樹は愛情の転移を起こします。ただ、例外もある。その記事で紹介されていたのは、回樹に遺体を飲ませたのに、回樹への愛が発生しなかったケースでした」

「そんなことがあるんですか？　回樹に例外は無いのだと思っていましたが」

「簡単な話ですよ。回樹はあくまで吸収した死体への愛情を引き継ぐんです。思い入れの無い遺体を回樹に飲ませたところで、回樹を愛するようにはならないんです」

その記事には回樹を愛するどころか嫌悪をもって接するようになった遺族の話が出ていた。愛する者の遺体を飲み込んだ回樹は愛情を引き継ぐが、愛されていない者の遺体を飲み込んでも、そこにあるのは虚だけだったのだ。

転移現象が起こらなかった者の中には、配偶者に対して精神的なDVを加えていた人間がいた。これはまだ分かりやすい方で、傍目から見れば幸せそうだった家族が、回樹を愛することが出来なかった例もあった。彼らの家庭には何の問題もなかった。

回樹はとても冷静に全てを判定していた。およそ数値に変換出来ないはずの愛というものを、綺麗により分けることが出来る唯一のものだった。

それこそが、律の求めているものだった。

犯行は、午前二時に行われた。初露の両親は、寝ずの番に律を組み込んでくれていた。本当の娘のように思ってくれていたからこそだろう。仮眠を取りに行く初露の父を見送ってから、律は遺体に向き直った。そしておもむろにその身体を抱え上げる。

初露の身体は冷たかった。おまけに固く、饐《す》えた匂いがした。知らない女の匂いだ、と思った。怯《ひる》む自分を無理矢理奮い立たせ、初露の身体を棺から抱き上げる。その拍子に、伸びた爪が初露の身体に傷をつけた。

「あっ、ごめん、初露。……ちゃんと切っとけばよかった。ちゃんと約束したのにな。どうして大切なもの、全部忘れるんだろうね。本当にごめん」

初露の髪は癖の無いストレートヘアに戻っていた。もう巻かれることのない髪をそっと撫でる。

昔の律なら、多分このままキスでもしていたと思う。もう二度と初露に会うことが出来ないんだから、数秒でいいから触れ合ってやろうと思っただろう。唇の硬さも気にしなかった。今だって多分出来なくはない。でもそれは一時しのぎの証明でしかない。した方がいいのかな、と考えるくらいのキスならしない方がいい。付き合うことを決めた時のキスは、何も気にせずしたものだった。

理性が、自分と初露の間を流れて邪魔をしている。これからやることも理性の管轄で、罪滅ぼしの一環でしかないと一蹴されることかもしれない。でも、構わなかった。何故ならその賭けの為に、律は人生を投げ捨てるつもりなのだから。

酔った初露の介抱をする時の要領で、律は遺体を運び出す。

外に出ると、雪が降っていた。助手席に乗せた初露にシートベルトを掛け、赤いセダンのエンジンを吹かす。夜が明ける前に、出来るだけ遠くに行かなければならなかった。辿り着くのだ。あの樹まで。

「本当は私のこともう好きじゃないんでしょ」

恨みがましく言われるその言葉が嫌いだった。どう答えていいか分からなかったからだ。好きだと答えることも、嫌いだと撥《は》ね除《の》けることも出来なかった。初露を愛することがただの努力になっているのかどうか、自分でももう分からなかった。

二人で暮らすあの家で、初露も恐らく疲弊していただろう。愛しているのか愛していないのか、終わっていいのか未練があるのか。

回樹は、その全ての疑問を解消してくれる。

律の中にあったものが愛であったかもしれないことを教えてくれる。

墓はただの石だ。死体は肉塊だ。魂はお伽噺《とぎばなし》だ。

けれど、心は。まだここにある。あるはずだ。これが死んだ女への義理だなんて思いたくはなかった。あるかも分からない天国への言い訳にもしたくなかった。

雪道に車を走らせながら、律は走馬燈のように今までのことを思い出す。湧き上がる気持ちが何か、誰か教えてくれと切に思う。

果たして、数時間後に律の願いは叶った。


「だから、動機が愛だってわけじゃないんです。それを確かめる為に、こんなことをしたわけで」

愛の為に回樹に向かう人々とは違う。墓はただの石かもしれなくて、愛情はただの努力かもしれない。それを確かめに行っただけだ。

「今でも私、連載の最終回を書けなかったことを悔やんでいるんです。あの小説、もう単行本出ないだろうな……。初露がもう少し遅く死んでくれていたらよかったのに」

まだその言葉を、しっかりと口に出来る。

「仕事のことがお好きだったんですね」

「ええ、そうですね。沢山の人に自分の作品を読んでもらえるのが好きでした。それを思うと、私の行動原理も、回樹の行動原理も変わりませんね。自分の存在が広く伝播するのが楽しくて仕方なかった」

「でも、あなたはそのキャリアを千見寺さんの為に棒に振ったのでしょう？」

「それもどうですかね」

律が何とも言えない笑顔で言うと、早島が顔を逸らす。

「……これで事情は大体分かりました。それと、あなたの『作品』ですが」

「はい、どうなりました？」

「現時点で既に数十万ＰＶを記録しています。投稿サイトの規約に則《のっと》って大量に削除されていますが、再アップする人間が後を絶たない」

「一応私にはベストセラーミステリ作家って肩書きがありますからね。私の自白はそこそこ読まれて話題になると思ってました」

新幹線の中で、律は急《きゅうごしら》拵えで文章をしたためた。

自分と初露が首吊りのあった事故物件で暮らしていたこと、生活していたこと、そして律が彼女の死体を盗み、回樹に飲み込ませたこと。その全てを文章に書いた。

そして、自分名義のアカウントで、その文章を片っ端から投稿した。きっと話題になっているだろう。回樹のことについても今までとは段違いに知れ渡っているはずだ。在宅勤務っていいな、と言っていた初露の言葉が蘇る。確かに、小説家という職業はいい。新幹線の中であろうと仕事が出来る。

「どうしてあんなことを？」

「ただの思いつきです。作家なんだから、人生を擲《なげう》つ時くらい何かを書きたいじゃないですか。私と回樹はよく似ている。これだけセンセーショナルな文章なら、きっと広まるだろうなって。そう思ったら我慢出来なかった」

「あなたの投稿によって、今まで回樹に対して否定的だった人間が考えを改めるでしょう。道具事件の時のように」

早島の言う通りだ。律は自分の影響力を過小評価しない。尋常寺律が回樹を肯定すれば、少しだけ流れが変わる。これでまた、更に回樹の根は広く張るだろう。知るべき人間が回樹を知り、同じように愛を留め置くだろう。いずれは回樹を愛する人間だけが残り、全ての愛は回樹に飲み込まれることになるのかもしれない。

ややあって、早島が言った。

「……尋常寺さん。最後に一つだけいいですか？」

「何ですか？」

質問の内容が分かりきっているのにも拘わらず、律は笑顔で首を傾げる。

「あなたは、愛を確かめる為に回樹に遺体を飲ませた。そこまでは分かりました」

「はい」

「……転移は起こったんですか？」

回樹のことを広めたのは、作家としての性《さが》か、回樹の性質なのか。

尋常寺律は千見寺初露を愛していたのか、そうではないのか。

律は答えない。答えを教えない。その代わりに、優雅に微笑みながら、言った。

「でも、今だから思うことがあるんですよ。本当に愛していたとか愛していないとか、本物なのか偽物なのかは関係なかったのかもなって。頑張って千見寺初露を愛し続けようっていう気持ちは、もう愛って呼んで差し支えないんじゃないかって。どうですかね。早島さん」

骨刻

ボーンレコードという言葉が用いられたのは、一九四〇年代から六〇年代のソ連だった。これはソ連国内では流通が禁止されている国の音楽を聴く為の手立て——サミズダートの一つであって、使用済みのレントゲン写真をレコード製作機で強引にレコードにしてしまうというものだった。

私はボーンレコードというものに妙に惹かれて、半透明の頭蓋骨に刻まれた『Can I Get a Witness』や肋骨の上に刻まれた『Love Me Tender』が聴かれるところを度々想像してみたことがある。自分達の内部を切り取ったその写真が、美しい音楽を保存するのに適していると気がついた時の彼らの高揚は、私の骨に響いた。

数百万枚も作られたというボーンレコードは、今や殆《ほとん》ど現存していない。所詮はレントゲン写真だと言われれば確かにそうなのだけれど、人体の中で唯一死後も残るものに刻んだ音楽がここまで儚《はかな》いことに私は新鮮に驚いてしまう。

けれど、君の中ではこのボーンレコードよりも『骨刻《ボーンレコード》』の方がきっと馴染みのある言葉のはずだ。それは君にとって、目の前にあり、最後の謎として立ちはだかるものだから。

君は知る由《よし》もないことだが、私にとっても骨刻は特別なものだった。

骨の表面に刻まれた傷が、今日私をここに立たせている。

1

骨刻を最初に始めたのは、とある美容外科医院だった。

皮膚の下にある脂肪細胞にレーザーを当てて溶かす技術や、皮膚の一部だけを焼くことでリフトアップを実現する技術に熟達していった美容外科業界では、ある時、骨の機能を阻害しない程度のレーザーで、骨の表面に傷をつける——文字を刻むことが出来る技術が生み出された。

『骨刻』と名付けられたそれは、最初は何の意味も無い技術だと思われていたし、ある意味で最後まで何の意味も持たなかった技術だ。何しろ骨の表面に文字を書いたところで、普通に生きていたら誰の目にも触れない。骨を曝け出す機会はそうそうない上に、晒《さら》された骨をまじまじと見る機会も無い。

骨刻とは、実用性が何一つ無い、自分の身体の内にしか存在させられない言葉、あるいは模様のことだ。言葉というものが内から外へと出ていくものであるなら、骨刻はちょっと皮肉めいているくらい無価値だった。

ただ、生み出された技術がそのまま死蔵されるのは忍びなかったのだろう。これがどうにかして商品になるよう、医院は工夫を凝らした。そうして骨刻とレントゲン写真のコピーをセットにして売り出すことにしたのだ。

病院は基本的に、レントゲン写真を診療記録として保存することが義務づけられている。けれど、だからといってコピーを渡してはいけないという決まりはない。それを利用して、レントゲン写真でもなければ見えない骨刻に価値を与えたのだ。

果たして骨刻の技術が凄いのか、骨刻を確認出来るようになったレントゲン技術が凄いのか分からないくらいだ。褒め所がわからないくらい、骨刻は他愛の無い技術だった。

最初にそれが流行《はや》ったのは、一部の若い男女の間だった。美容施術を受けるのに合わせて、この新しく出来た技術を試してみようという層だった。骨刻を受けて、受け取ったレントゲン写真をSNSに上げることを楽しむ層だ。

彼らが骨に刻んだのは思い入れのある一節だったり、あるいは推しの名前であったりした。骨刻はサブカルチャーの文脈に則《のっと》ったマイナーファッションの一つであり、その当時『地雷系』や『病み系』と呼ばれていた女性層に特に受けた。

『担当の名前太股の骨に彫ったんで担降り出来なくなりました☹ズブズブ』

そういった言葉と共に投稿された大腿骨のレントゲン写真には、くっきりと「六月夢斗」の名前が刻まれていた。

そうした「自分の今抱えている思いを永遠にしたい」という願いが、骨に名前を刻ませたのだろう。この投稿はネットニュースで散々盥回《たらい》しにされた後、半年後にようやくテレビの午後のニュースで取り上げられた。

後の目立った動きといえば、とあるロックバンドのボーカルがニューアルバムのタイトルを自分の頭蓋骨に骨刻し、レントゲン写真をアルバムジャケットに使用したことだろうか。これは多少話題となって、骨刻というものの存在を広く認知させる結果になった。

一方で、そうしたサブカルチャー的文脈で用いられることが多かったからこそ、骨刻はあまり日の目を見なかった。

特筆すべきことがあるとすれば、とあるハンバーガーチェーンのキャンペーンだろう。

そのハンバーガーチェーンは『身体のどこかの骨にショップのロゴを骨刻した人間は生涯ハンバーガーが無料になる』というキャンペーンを行ったのだ。

すると、開始当日から、のべ五百人以上の人間がキャンペーン通り骨刻を行った。予想外の展開に、その日の夜にキャンペーンは急遽中止になった。骨刻は基本的に外からは見えない。デメリットがメリットを上回ると判断されたのだ。

五百人はめでたく生涯ハンバーガー無料の恩恵に与《あずか》るようになったが、そこでも一悶着があった。注文の際に一々そのレントゲン写真を持参しなければならないかどうかで対応が割れたのだ。あとは、一日何回ハンバーガーを貰いに行っていいのかも議論になった。

最終的に店側は骨刻を行った人々に写真付きのパスを発行した。骨刻をした人間は、それを提示した時のみ、一日三個までハンバーガーを貰うことが出来た。パスに載っている写真は、骨刻をした部位のレントゲン写真では無く顔写真だった。

これのお陰で骨刻パスのハンバーガーだけを食べ続け、食費のかからない生活をしている人間がいるという都市伝説が出来た。

果たして、骨の髄までハンバーガーに染まったその人は、生涯最後の日までハンバーガーを食べ続けたのだろうか？

ともあれ、この騒動がきっかけで骨刻は有名になった。

骨刻というものがさしたるメリットも無ければデメリットも少ない技術であることが明らかになった後は、刺青《いれずみ》よりもささやかな自己表現として用いられるようになった。

たとえば、自殺の際などに。

誰からも褒められるような優等生・小鳥乃々佳《ことりののか》が飛び降り自殺を果たした時に、骨刻はまたも話題になった。死後、彼女の左右の上腕骨に遺書めいた文章が骨刻されているのが見つかって、骨刻した医院を相手取って遺族が裁判を起こしたのである。

「乃々佳がこんなに苦しんでいることを知っていながら、貴方達は見殺しにしたんですか。骨に文字を刻みながら、貴方達は何とも思わなかったんですか。貴方達だけが乃々佳の本当の気持ちを知ることが出来たのに。骨に刻むよりも先に、あの子を助けようとは」

小鳥乃々佳の母親が涙ながらに主張した際、骨刻を行った後台隼《ごだいしゅん》医師はこう答えた。

「どんな言葉を骨刻するかは個人の完全なプライベートです。その際に知り得たどんな情報も、私は自分の判断で用いることはありません。内に刻もうという言葉に干渉するなら、骨刻の意味が無い」

後台医師は早くから骨刻を取り入れた医師の一人で、この時既に三二〇件の骨刻を行っていた。彼は遺族の訴えに対して毅然と対応し、骨刻された言葉は当人だけのものである、と繰り返し主張した。一方、十八歳未満であった小鳥乃々佳が印鑑を持ち出し、施術同意書を偽造して提出したことを見抜けなかったことに関しては謝罪をしている。

このことから分かるように、骨刻された言葉というのは施術を受けた当人が明らかにしない限り明かされることのないプライベートなものだった。骨刻を受けたのか受けてないのか、どんな言葉を刻んだのか刻んでいないのかは、本人の意思でしか開示されないのだった。

ところで、完全なプライバシーとして守られるはずだった小鳥乃々佳の骨刻は、遺族によってあっさりと全世界に公開されている。

『私を虐めた鐘槻つゆり、花園律花、松宮展子を絶対に赦さない。この三人が未来永劫呪われて、死後地獄に堕ちますように。私が死んでもずっとずっと苦しみ続け、骨の髄まで呪われますように。もし彼女らに子供が産まれたとしても、臍の緒からその骨に呪いが刻まれますように。あいつらのやったことがずっとずっとその骨に痛みと呪いを残しますように。お願いします。お願いします。絶対に幸せにはさせない。幸せには』

これを刻んでいる時の後台医師はどんな気持ちだっただろうか。プライバシーの為に呪詛《じゅそ》を明かすことはなかったが、それでも彼はその文言を正面から見据え、刻んだのだから。

小鳥乃々佳が、骨に刻まれたその文章を読まれたがっていたかどうかも分からない。

ただ、彼女が飛び降り自殺という方法を選んだのだ。六階建てのビルの屋上から飛び降りたから、検死が行われた。検死の過程にはレントゲン撮影が含まれている。頭蓋骨の骨は割れ、上腕骨も一部折れていたが、彼女の言葉は残っていた。

他の方法――たとえば、手首を切っての自殺であればレントゲンを撮ることはなかったかもしれない。

そのことを、小鳥乃々佳は考えていただろうか？

彼女が呪いを掛けた三人の加害者がどうなったのかを、私は知らない。彼女らは子供を持ったのだろうか。その子供らは小鳥乃々佳の願った通りに呪いを骨まで刻まれたのだろうか。

2

色々使い途が考えられたとはいえ、自分の中にある言葉をレントゲン写真という形で出力しなければいけないのは変わらなかった。結局「骨刻は意味が無いに等しい」と、そういう風潮があった。極論を言ってしまえば、印刷されたレントゲン写真に後から文字を合成したって構わなかったわけだ。その身体を動かす骨々に本当に文字が刻み込まれているのか、肉に覆われた人間達には分からない。

だから、この時点で骨刻は信仰であったのだと思う。

誰かに対する愛を、人生に対する誓いを骨に刻み、それが自分の中に永劫残り続けることをよすがに日々を生きる。

それが骨刻の使い途だったのだ。

骨刻を入れた骨を再び目にするのは、往々にしてその人が病や怪我を得た時だ。広範囲のレントゲンを撮る時、大抵人間は不安や痛みに惑っている。

だが、白く光る自身の骨を前に、彼らは自分がよすがとしてきた言葉を見た。そうして人は一時の慰めを得た。あるいは、自分がこんなことになる前に考えていたことの能天気さに笑うことが出来た。身体の中に消えない言葉がある、というのは案外特別なものなのだ。

そのことの価値に気がついたのは、ある老人とその周囲にいる人間だった。

彼らは骨刻に、新たな使い途を与えることになる。

最初に実行に移したのは、介護職をしている一人の若者——西宮衛《にしみやまもる》だ。彼は認知症に罹《かか》った実の祖母の面倒を見ながら、ヘルパーとして生活をしていた。

彼は祖母のことが大好きだったが、一つ困ったことがあった。それは、祖母の徘徊癖である。祖母は誰にも告げずに長距離を移動してしまうのだ。家に置いてある現金を勝手に持ち出し、千葉から山口まで行ってしまった時は、警察が行方を捜す大騒動となった。

結局、懸命な捜査で一週間後に祖母は保護された。祖母は山口市内の病院にいた。彼女は自分がどこから来た何者なのかを説明することすら出来ずに呆然としていたようだった。

西宮衛は、もう祖母と再会出来ないのではないかと危ぶんだ。家の中に現金を置かないことや、

GPSを持たせること、徘徊をしないよう話し合うことなど、身体的拘束以外のありとあらゆることを彼は試した。それでも限界はあった。悲しいことに、彼は自分の祖母を自らが働いている施設に入れられるだけの稼ぎは無かった。

隣町の川に沈んだGPS入りのお守りを引き揚げながら、西宮衛は一つ考えた。よすがを作ろう。どれだけ離れてしまっても再会を信じられるようなものを、祖母に持っていてもらおう。

西宮衛は祖母に骨刻を受けさせることにした。レントゲン写真のコピーを要らないと言いさえすれば、骨刻は極めて安価で受けることが出来た。彼は祖母の橈骨《とうこつ》と尺骨《しゃっこつ》に名前と住所、そして電話番号を刻んだ。処置自体は十分もせずに終わった。

認知症の老人が病院に保護された時は、必ずと言っていいほどレントゲンを受ける。本人の自覚無しに骨折などの怪我を負っている場合があるからだ。その時、骨刻さえされていれば本人が忘れている個人情報であっても保ってくれる。

骨刻は、祖母の徘徊癖の保険となった。骨刻のお陰で彼の心は多少安まった——ということになった。色々なメディアにも、彼と祖母の写真が載った。介護職だからこそ思いついた独創的な使い途、とのことだった。

結局、骨刻が役立つことはなかった。何故なら、祖母の長距離徘徊が再度起こる前に、彼女の足腰が立たなくなったからだ。膝の関節の痛みが強くなって、程なくして車椅子での生活が始まった。そうして、長距離徘徊は自動的に無くなったのだ。

骨刻が彼女の膝の関節に影響を及ぼしたかどうかについては、多少の議論があった。骨刻は骨の機能に何の影響も及ぼさないというけれど、それは嘘なんじゃないか、と。

私は、骨刻が膝の関節に悪い影響を及ぼしたとは考えていない。あまりにも部位が遠すぎる。それに、骨刻が骨の機能に影響を及ぼした例はこの件には当てはまらない極端なものばかりだ。同じ場所に何度も同じ文言を刻み、皮膚まで焼け焦がした例などがそれにあたる。

だが、骨に刻まれた願いが——念のようなものが、どこか巡り巡って祖母をその場に留まらせた可能性については、私も否定出来ない。

西宮衛は祖母の骨に住所を刻み名前を刻み、どうにかして戻って来てほしい、本当はここに留まっていてほしいと願っていた。骨まで染みこんだその思いが、祖母の足を止めさせたのではないかと——内なる言葉が身体に影響を及ぼしたのではないかと、私は信じているところがある。

その後、祖母の死後に西宮衛は何度か取材を受けた。

その中で「祖母は骨刻に完全に同意していた」と彼は何度も同じ答えを返している。

「骨刻さえ受ければ、もうばあちゃんは迷子になることがない。俺のところにちゃんと戻ってこれる。骨刻はばあちゃんと俺を繋ぐものなんだよ。まさかばあちゃんだって骨は置き忘れらんないだろ。なあ、ばあちゃん。骨刻を受けよう……」

一度も無理強いしたことはない、と西宮衛は重ねて言った。骨刻の他の骨への影響についても、彼は完全に否定している。

骨刻が、消えない情報の保存場所としてみなされたことで、新たな価値が生み出された。ようやく骨刻の本領発揮というわけだ。

西宮衛のように認知症の老人の個人情報を骨刻するという使い方は、骨刻に意味を持たせた。自分の身内に骨刻を勧め、ごく一部の人間が骨刻によって家族の元に帰ってきた。だが、人間に識別タグめいたものを付けることの抵抗は強く、この用法は浸透しなかった。

一部の政治家の中には国民全員にナンバーを骨刻することによって、有事の際の身元確認や福祉に役立てようとする人間も出てきた。だが、これも反対の声が根強く、ＳＮＳで大きな非難を受けるだけの結果になった。

ユニークな使い方としては、遺言書を骨に刻んだ大富豪・牛坂紀世彦《うしざかきよひこ》の例が挙げられるだろう。牛坂紀世彦は誰も信用せず、遺言書が自分の生きている間に盗み見られることや偽造されることを恐れ、骨刻に頼った。

牛坂紀世彦は骨刻後に自分のレントゲン写真のコピーを求めず、自分が死んだ後にもう一度レントゲンを撮り、その時初めて骨刻の内容を親族に知らせると決めたのだった。また、遺言の刻まれた自分の骨が火葬によって駄目にならないよう、土葬にすることだけは生前から言い聞かせていた。

だが、牛坂紀世彦のこの方法はあまり上手くいかなかった。彼は自分が布団の上で大往生を遂げられると信じていたようだが、現実はそうじゃなかった。彼は所有していた小型ジェット機に乗っている最中、エンジントラブルによって墜落死してしまった。遺体はパイロットと飛行機と共に海に沈んでしまい、終《つい》ぞ見つからなかった。

牛坂紀世彦の骨にどんな遺言が刻まれていたのか、そもそも彼は本当に骨に遺言を刻んだのか？

それが明らかになることはなかった。牛坂紀世彦の骨刻が存在した根拠は、生前の彼による「遺言を骨に刻んだ」という一言だけなのだ。

牛坂紀世彦の財産は均等に分けられることとなった。彼の骨を引き揚げてまでそれに異を唱えようとする人間はいなかった。

この一件はかなりの話題となり、同じように骨に遺言を刻む人間も現れた。だが、紙に遺言をしたためるのと骨にしたためるのとの間に何の違いも無く、偏執的な人間しか死後の言葉を身の内に刻まないと気づかれてからは、このブームも落ち着いた。

ここまでの流れを経て、骨刻は模様よりも言葉を刻むことを主流とするようになった。

言葉に過剰なまでに意味を持たせる人間だからこそ、骨刻がよく馴染んだのかもしれない。

3

そして骨刻は、最も相性のいいものと結びついた。——宗教だ。

彼らは骨刻によって身体を癒やすことを唱えていた。

団体の名前を、言刻会《ことこくかい》という。

言刻会を興したのは月橋青虎《つきばしせいこ》という名の男だ。青虎は三十四歳で言刻会を立ち上げるまでは普通のサラリーマンとして働いていた。彼は人当たりがよく、素行も悪くない。四年付き合った恋人と慎ましく暮らす、普通の男だった。

恋人は美容外科で働く看護師で、とても穏やかな女性だった。青虎は彼女と結婚することを考えていた。彼女となら、きっと幸せな家庭を築けるだろうと信じていたからだ。

だが、そんな彼を群発頭痛の発症という悲劇が襲った。

群発頭痛とは、別名『自殺頭痛』とも呼ばれる、激しい痛みを伴う頭痛発作のことである。焼けた鉄で目を抉《えぐ》られるような痛みが突発的に患者を襲う、原因不明の病だ。

初めて発作が起きた時、青虎は駅のホームで通勤電車を待っていた。到着アナウンスと共に発症した頭痛によって、青虎は衝動的に電車に飛び込みかけたところを、周りの乗客達に取り押さえられた。その間も、青虎は絶叫し続けていた。

原因すら分からない群発頭痛には基本的に治療法がない。人間が感じられる痛みの中で最も強いと言われているそれを、薬と共にただ耐えるしかないのだ。

一般的に群発頭痛には周期があり、一ヶ月から二ヶ月ほどの発作が起きやすい周期を抜ければ、その後一年ほどは発作が起きづらいと言われている。だが、月橋青虎の発症した群発頭痛はその法に則らなかった。青虎は数日と間を置かず頻繁に発作を起こした。

その度に青虎は血管を収縮させるスマトリプタンの注射によってどうにか頭痛をやりすごしていたのだが、その注射すらいつしか効かなくなっていった。発作が始まると、青虎は壁に頭を打ち付けることで、激痛を和《やわ》らげようとさえした。

そんな青虎を見て、恋人も涙を流した。だが、彼女には青虎を救うことは出来なかった。いや、この世の誰にも、その頃の青虎を救うことなど不可能だったのだ。

精神を狂わせるような痛みに、いつ突発的に襲われるかわからない生活。発作が起きたら最後、場所を選ばずのたうち回るしかない青虎は仕事を辞め、次第に外にすら出られなくなった。彼は映画が好きで、話題の新作が公開される度に足を運んでいたのだが、それも出来なくなった。自分がかつて大好きだったものを台無しにするのが恐ろしかった。

自分の中にある地獄がいつ顕現するかわからず、ただそれに怯えるしかない毎日だ。青虎は何となく自殺を考えた。自分の脳は自分を殺したがっている。なら、それに報いなければならない。そう考えるようになった。固い頭蓋骨に守られた脳を引きずり出し、足で踏みつけてやりたいと何度も思った。

「どうしてこんなことになったんだよ。こんなはずじゃなかった。俺の人生はこんな頭痛に食い潰されるはずじゃなかったのに。こんなんだったら、生まれてこない方がマシだった。どれだけ慎ましく良い人間でいたところで、最後に待ってるのがこれなんだろ。あそこで電車に飛び込んでおけば良かった。そうしたら、こうしてダラダラと苦しみ続けることもなかったのに。死ねば良かった。死ねば良かったんだ」

「そんなこと言わないで。……治るものも治らなくなってしまうよ」

「お前に何がわかるんだよ！　そんな言葉で、そんな言葉一つで変わるなら、とっくに治ってるだろうが！」

「それはそうかもしれないけど、私は……私は青虎が、こんな病気に負けて暗い毎日を送ってるのが悲しくて、それで……」

「暗くもなるだろ！　だったら替わってみろよ！　ほら！　青虎じゃなくて私が頭痛を引き受けますって、言葉で俺を救ってみせろよ！　なあ！　それで、この頭痛を受けてもなお、明るく前向きに生きてみせろよ！」

青虎はそう恋人を罵《ののし》り、次の発作への不安に泣き叫んだ。青虎の人生は激痛と激痛の間隙に引き延ばされ、何の厚みも無くなってしまっていた。どんな言葉も根付かず、発作の度に自分が上げる絶叫だけが、青虎の世界にある言葉だった。

青虎の泣き声はやがて縋《すが》るような啜り泣きに変わり、ひくりと喉を鳴らす嗚咽《おえつ》になった。どうしてこんなことになったのか、自分の人生はこんな罰を受けるに値するものだったのだろうかと、何度も自問した。そうしている内に、青虎は眠った。

「そうだね。私の言葉には何の意味も無い……。発作を止めてあげられることもない。神様どうか、青虎に発作が起きませんように。青虎が静かに穏やかに暮らせますように。青虎の頭が痛くなりませんように。お願いします。青虎が幸せな日々を過ごせますように」

眠りに落ちた青虎に対し、恋人は延々とその言葉を繰り返した。すると、青虎は少しの間だけ発作のことを忘れ、以前のように暮らせるようになったのだった。

そんな時、青虎はふと、インターネットの中で記事を見つけた。それは言葉に関する不思議な記事だった。

摘み取った花に「綺麗だね」と声を掛けた場合と「枯れてしまえ」と声を掛けた場合では、萎《しお》れ方が違う。食べ物に感謝の言葉を掛けた場合も、腐り方が違う。炊く際に声を掛けるかどうかで、米の味が違う。掛ける言葉によって、水に含まれる塩素の量が変わる。

以前の青虎だったら鼻で笑うか、苦笑いで流すかの二択でしかない疑似科学だった。現に、理性の面ではいくらでも否定の言葉が浮かんだ。だが、それとはまるで別の部分で——青虎はそれらに惹かれた。

言葉には魔法の力が宿っています。言葉によって、世界はその色を変えるのです。そういった文言を見ながら、青虎は寝る間際に恋人が掛けてくれる言葉のことを思い出した。

そして青虎は、恋人が勤務先の病院から帰ってくるなり、とあることを切り出した。

「……ほら、勤め先で……骨刻っていうのをやってるんだよな、確か」

「私の勤めてる病院で？　うん、そう。あの……バンドマンが写真あげたり、大金持ちが遺言を骨に刻んだっていう、そういうやつ」

かつて恋人は、そういったエピソードを絡めながら、青虎に面白おかしく骨刻のことを話したのだった。およそ幸せな二人には使い途の見当たらない技術だ。青虎はふざけて「お互いの名前を骨刻しようか」なんてことを言ったこともある。

だが、その時の青虎にとって、骨刻は極めて実用的な技術だった。

「俺は骨刻を受けたい。自分の頭蓋骨に骨刻をする」

「頭蓋骨に……？　どうして？」

「試してみたいことがあるんだ」

そうして、青虎はすぐに予約を取り、骨刻を受けた。刻んだ言葉は『𑖦《マ》』だ。これは孔雀明王《くじやくみようおう》を表す梵字《ぼんじ》である。孔雀明王は毒蛇を食らい、人間から害毒を除いてくれるとされている。青虎は特に仏教徒というわけではない。だが、古くから信仰されている梵字は、言葉の中でもより一層力を持っているのではないかと思ったのである。

『𑖦』の一文字を骨刻するのには十秒もかからない。彼は恋人に見守られながら、無事に施術を終えた。

「おかしくなったと思うだろ」

梵字が刻まれているはずの額に触れながら、青虎は言った。だが、恋人は首を振った。

「ううん。そんなことない。私もやるべきだったんじゃないかと思う。むしろ、ずっと前に」

病院の帰り道、二人は発症以前のように穏やかな心持ちで、寄り添いながら帰った。

そうして、奇跡が起きた。月橋青虎を悩ませていたあの頭痛は、それきり一度も起こらなかったのだ。

通常の群発頭痛に見られる周期が定まったのか、と最初は考えられた。だが、それにしてもこのタイミングは奇妙だった。青虎の頭痛は通常の頭痛とは異なっていたのだから。加えて、骨刻から一年が経っても、青虎には頭痛が訪れなかったのだ。

青虎は、自分にもう発作が起きないことを直感した。いや、彼は発作が起きないことを知っていたのだ。

医学的に何らかの説明を与えるのなら、骨刻をしたことによって頭蓋骨に微妙な変化が加わり、それによって頭痛の原因が取り除かれたというものだろう。骨刻は相変わらず、物理的には何の意味も無い処置だったが、それが自殺頭痛というまだ解明されていない病に効果的な治療だったのかもしれない。

あるいはプラセボ効果だったのかもしれない。自分自身に文字を刻むという行為が、強力なプラセボ効果で月橋青虎を癒やしたのだ。脳に一番近いところにある暗示が、青虎の頭痛を取り除いた。

だが、青虎はこの奇跡に別の理由を与えた。

「骨刻が生み出された理由が分かったよ」

青虎は恋人に言った。恋人は「なに？」と平仮名のやわらかな発音で尋ねた。

「人に文字を刻むことだよ。身体の中に刻まれた文字で、人は内側から変化する」

青虎はその考えに確信を持っていた。これが、言刻会の最初で最後の教えだった。

自らの骨に刻んだ言葉によって人間が癒やされる。あるいは、刻んだ通りの人間になれる。青虎はそのことに気がついたのだ。

頭痛を克服した青虎は、このことを他の人間に広めようと決めた。

「これから苦労をかけるかもしれない。けれど、骨刻による救済を広められるのは、多分俺しかいないんだ」

恋人は戸惑っていたが、それでも青虎の言葉に頷いた。そして、青虎は借金をしつつ、二年掛けて本を出版した。それは青虎が独自に考え出した効力のある『御言葉』を纏《まと》めたもので、それを然るべき場所に骨刻することによって癒やしの力を得るというものだった。

青虎にとって幸いだったのは、自費出版を請け負ってくれた出版社がこの内容に興味を持ったことだった。出版社にとってこれは数多ある疑似科学の中でも、金脈になりやすい代物だった。

「日本人はやっぱり日本語が好きなんですよ。日本語が神聖なものっていうことになると、嬉しい。だから、この本は受けますよ。骨刻っていうのも、日本人とは相性がいいと思います。それに、骨。太占《ふとまに》ってご存じですか」

「何でしたっけ、それ……昔どこかで聞いたような」

「覚えがあるんだとしたら、歴史で習ったんだと思います。獣の骨を火にかけて、亀裂の入り方を見る占いですよ。天津神《あまつかみ》が教えてくれた占いだったかな。これから、古事記も読んでおいた方がいい。梵字よりも、日本の昔の神事にまつわる言葉を使っていった方が、広い層に訴求出来る」

編集者は真面目な顔で言うので、青虎は「そういうつもりで書いたんじゃない」と返したが、編集者は上手く話題を躱《かわ》した。

「自費出版というところからのスタートですが、損益分岐点を超えたら印税が入りますし、この本はイケると思いますから、全面的にご協力しますよ。それにしても、どうしてみんなこれを思いつかなかったのかなぁ……」

日本人は日本語が好き。

帰宅した青虎はそのあまりに単純化された嗜好の話を、恋人にした。

「そう考えてみると、日本人は和歌とか短歌が好きだもんね。ずっと、千年も昔から。日本人は日本語が好き。全然間違ってないよ」

あっさりとそう返されて、青虎は何故かただ頷いた。彼女は編集者から貰った日本神話などの本を、青虎よりも先に読み終えて、たまにその内容を語ってくれた。人間の寿命を決めることとなったイワナガヒメとコノハナサクヤヒメの話や、有名な因幡《いなば》の白兎など。そうして、青虎もそれらの本を読み返した。それを境に、青虎は編集者との距離を適切に取り、ビジネスパートナーとしてのみ信頼するようになった。

そうして月橋青虎の初めての書籍『骨刻御言葉考』が出版された。自費出版でありながら、主に車内広告で大々的に宣伝されたその本は、すぐさま売れ行きを伸ばした。宣伝文句の一つに使われた『自殺頭痛』のセンセーショナルな響きと、青虎の額に刻まれた梵字の像は、今までの疑似科学ものに比べてキャッチーに捉えられたようだった。

出版にかかった費用はすぐに回収出来、後は利益の出るばかりだった。

青虎はこれを足がかりに各地に講演会を開くようになり、それらのバックアップを務めるボランティアを集めるという名目で言刻会の前身を作った。

恋人はボランティアをまとめるという形で、青虎を支えることとなった。

「本は青虎の名前で出しているから、青虎はそのままでもいいと思う。でも私の方はもしかしたら、それらしい名前を付けた方がいいのかもしれない」

「それらしい名前？」

「編集者さんに言われてから、私も神話の本とか読んだの。それで、いいのを見つけた」

その日を境に、彼女は新たな名前を名乗るようになった。ミヅハノメだ。ミヅハノメは人に紙漉《す》きの技術を教えた神とされていて、青虎の中では言葉の神だった。

青虎はとある医院と手を組み、自身の教義に賛同する人間には、その医院で骨刻の施術を受けるように指示をした。この提携先の医院の院長を務めていたのが、先に名前の挙がっていた後台医師だった。

後台医師は青虎にちゃんとした団体を作るようにアドバイスをしたという。そうして青虎は、自分の率いる団体に『言刻会』という名前を与えた。青虎は新たに『言刻会言始』という本を著した。既存の漢字に彼の工夫を加えた骨刻専用の漢字を二百三十六個収録した本だ。

こうして、青虎は言刻会の代表として、ミヅハノメと共に言葉の尊さを広めていった。

言刻会は、完全な宗教団体というよりは、むしろムーブメントとして受容されていった。言刻会の言っているような言葉の奇跡を信じる人間の各々が、願いを込めて自らの骨に骨刻を施していったのだ。

通常の骨刻を行っていた美容外科や、その頃に生まれ、気軽に骨刻が行えることを売りとしたボーンレコードスタジオが、奇妙な文字を骨に彫る人々を受けて初めて言刻会のことを知り、そういう新興宗教が生まれたらしいと噂することで、言刻会は新興宗教として扱われるようになった、というのが正しい。

青虎の主張を裏付けるように、指を思うように動かせなくなった画家が腕の骨に御言葉を骨刻することによって再起したり、眼下の痙攣《けいれん》に悩まされていた患者が、頭蓋骨への骨刻を行うことによって治癒したりという事例がぽつぽつと現れだした。

青虎とミヅハノメは彼らの事例を纏め、それを会報誌として外に配るようになった。そうして、口コミによって言刻会の存在が広まっていった部分も大きい。

言刻会の優れた点はいくつかあるが、まず一つに骨刻が安価で出来る上に、人体に直接的な影響を及ぼさないことが挙げられた。これが骨ではなく皮膚に刻むものであったら、もっと反発が予想されていただろう。だが、骨刻は外からは見られないのだ。

そして、あくまで言刻会の基盤となっているものは言葉である。日本人は日本語が好きで、それを大っぴらに悪《あ》し様《ざま》には言わない。そのことが、言刻会への追い風となっていた。米に感謝の言葉を掛けるのと、その身の中に祈りの一文字を宿すのとでは重みが違うのだ。

不思議なことに、一度骨刻をした人間はたとえ効果を得られずとも、言刻会や月橋青虎のことを批難することはなかった。言葉に願いを託すことに対し、誰も彼もがある種の神聖さを見込んでいるからかもしれない。

言刻会に所属する人々は、ごく丁寧な言葉を、美しい言葉を使って話すようになった。骨に刻まれた言葉と同じように、自らの口から発せられる言葉も何かしらの力を持っているのだと信じているが故のことだった。

その結果、青虎とミヅハノメの間の言葉も変化していた。

「おはよう」が「おはようございます」になり「おやすみ」は「おやすみなさい」に変わった。間を埋める為だけの雑談が無くなって、話すべき事柄だけが生活を彩るようになった。青虎は骨刻による癒やしを多くの人間に知らしめたいと願い、昼夜の別無く働いていた。

「貴方はここから、何を目指しているんですか」

ある時、ミヅハノメは尋ねた。青虎は答えた。

「言葉の力に気づかせたいんです。私は、言葉で救われました。同じように救われる人間が、この世には沢山いるはずですから」

青虎の答えを、ミヅハノメがどう思ったかはわからない。

彼女は青虎に付き従い、言刻会を繁栄させることに尽力した。


言刻会の外の人間からは批難めいた言葉が寄せられることもあった。骨に霊験《れいげん》あらたかな言葉を刻んで、それによって御利益《ごりやく》を得るというのは、かつての青虎なら鼻白んでいたような行為だったからだ。

身体の中に書かれた文字によって人間が変化するのだとしたら、まるでキョンシーめいている、と揶揄《やゆ》されることもあった。キョンシーは額に貼った札によって操られる死体の化物だ。これは、額に文字を刻んで目覚めた青虎を揶揄する為の喩えだった。あるいはゴーレムだと笑う人間もいた。鎖骨に刻まれたEmethの文字をmethに変えれば、その人は死ぬのかと笑われた。

だが青虎は怯《ひる》まなかった。歩けない人間の大腿骨に御言葉を刻んで歩けるようにしたことや、視線恐怖症で外にも出られなかった人間が御言葉を肋骨に刻むことで症状を緩和したことは、確かにあった事実なのだ。それらを無視する奴らに何を言われても構わない。

「プラセボであると断じるなら、それはそれで構いません。ですが、彼らが救いを得たのは事実です。言刻会の信念に共鳴した方は、他で救いを得られなかったから、言葉に救いを求めました。これを揶揄する言葉は必要ですか。言葉はきっと、貴方に返ってきますよ」

それを言われたコメンテーターの方が、少しだけ怯んだように見えたのは、やはり日本人が――いや、人間が言葉というものに対して、神聖な意識を持っているからなのかもしれない。

そうして言刻会の教義は徐々に、人間の皮膚の下で進行していった。表明する必要すらない。骨に刻まれた言葉のことなど、本来なら明らかにもならない。

この性質から、言刻会の最終的な会員総数がどれくらいだったのかは正確に把握出来ない。実質的な運営に関わっていた人々以外にも、本を買って言刻会の提示する言葉を骨に刻んだだけの人間も多くいただろうからだ。

青虎ですら、御言葉と骨刻の輪がどれだけ広がっていたかを把握はしていなかっただろう。

そうした形で広がっていた言刻会であるから、それこそその火が絶やされることもないのだと、当時の青虎も――言刻会の周りにいた人間も思っていただろう。

だが、言刻会の、というより月橋青虎の率いる言刻会は、それから程なくして自然と解散することになる。

これは、それから七年後に国内での骨刻が全面的に禁止されるよりもずっと前の話だ。骨刻の禁止が言刻会に影響を与えたわけではない。

それよりももっと俗っぽく、半ばどうしようもないようなことで、月橋青虎は言刻会の代表を退くこととなる。

青虎とミヅハノメは恋人同士であることよりも、正しい御言葉と骨刻を広め、人々を救うことに注力していた。青虎とミヅハノメは二人で暮らしていた家を出て、言刻会の宿舎に暮らすようになっていた。

あの頃の青虎とミヅハノメが私的に交わした言葉が、果たしていくつあっただろうか。あの頃は数文字でさえ、互いの為にはとっておかなかった二人だった。いや——意図的にそうしていたのは青虎だ。

青虎は、自分の中に私的な言葉があればあるほど、人間を救う為の『御言葉』が減ると考えていた。そうすれば、次の本が出なくなる。骨に刻むべき言葉が、少なくなる。どうしてそんな考えに至ったのかはわからない。もし言葉の神性が信じられなくなれば、またあの悪夢のような頭痛が戻ってくると怯えていたのか、あるいは自分の骨刻を行った全ての人間が、彼らが死ぬまで抱え続ける骨の傷が、青虎の歩みを止めさせなかったのかもしれない。

言葉を発しなくなった青虎を見て、ミヅハノメはどう思っていただろうか。

神性というものは引力であって、青虎とミヅハノメはそれぞれが多くの会員から好意を寄せられるようになった。それこそ、代表である青虎が引いた関心は、ミヅハノメの比にならなかった。

青虎はそういった一切を拒み、自分達は言葉によってのみ繫がっている共同体だと繰り返し説いた。だが、それで収まらない人間もいた。

ワタツミもその一人だった。ワタツミは青虎と同い歳の女性で、言刻会を早くから支えてくれていた。だが、口には出さないその奥に、ワタツミは青虎への暴力的なまでの好意を隠し持っていた。

ワタツミはミヅハノメに対抗意識を燃やしていた。ミヅハノメと青虎は正式な夫婦ではなかったから、そこにつけいる隙があると考えたのだろう。

言刻会を運営していくにあたって、たかだか代表の恋人であっただけの女性が、実質的にナンバー2のポジションについていることに関しても、ワタツミは大いに異議を唱えた。その件に関しては、ワタツミ以外の会員も――恐らくは、ミヅハノメに好意的な側の人間達も、強く反応した。聖なる御言葉を使う者が、俗世間の象徴のような美しい伴侶を得ていることが気に障ったのだろう。

ここで青虎が取るべき行動は、毅然としてミヅハノメの立場を守ることだったはずだ。

だが、青虎はこの問題を先送りにし続けていた。それよりも考えるべきことがある、と言い張って本の執筆を続けたのである。

ミヅハノメは恐らく、青虎と添い遂げたかったのではないか、と思う。

だが、青虎はそれすら選ばなかった。

当時の青虎とミヅハノメの間にはまともな会話が無かったが、それでも時折ミヅハノメの求めによって肉体関係を持つことはあった。だが、そうしていても二人が子供を授かることはなかった。会話をせずして関係を修復するべく新しい命をよすがにしようとする青虎の浅ましさには呆れ返るしかないのだが、彼はそれほどまでに余裕が無かったのである。

あまりに子供が産まれなかった為、青虎は病院で検査を行った。結果は恐れていた通りだった。青虎は子供の出来ない身体だった。

検査結果が出た帰りに、青虎は骨刻を受けに行った。青虎は頭蓋骨の他にも鎖骨、大腿骨、肋骨四本、指の骨に骨刻を受けていた。今回の骨刻は背骨に行った。

不妊が治るよう、祈りを込めた御言葉を刻んだ。不妊については悩んでいる人間が多く、青虎は研究を経て最も効果的な一文字を発見していた。

青虎の骨刻が行われるのと、ミヅハノメの妊娠が発覚するのはほぼ同時だった。

「ミヅハノメ様が他の男と密通しているのを知っています。お腹の子供は青虎様の子供ではありません」

ワタツミの言葉は、青虎の心に響いた。たった一言で、ミヅハノメと暮らした日々が、すっかり無かったことになってしまったかのようだった。

青虎が不妊の為に骨刻を行ったのは、つい先日のことなのである。骨に刻んだ言葉が効力を発揮したとして、こんなに早く身籠るはずがない。御言葉を信じているからこそ、このタイミングはあってはならないことだった。

「私は嘘など吐《つ》いていません。青虎のことを愛していましたし、それに背くようなことはするはずがありません」

ミヅハノメは苦しげな表情でそう反論した。

「生まれた子供のＤＮＡ鑑定をしてもらえればわかります。私は青虎以外とそんな関係になったことはありません」

ミヅハノメは一貫してその主張を崩さなかった。青虎は、自分が御言葉を刻んだ背骨に痛みすら覚えながら、彼女の言葉と、自分の背骨の骨刻の無意味さが証明される日を待っていた。

だが、ミヅハノメの宿した子供が無事に生まれてくることはなく、妊娠五ヶ月目を迎えた頃に流産をした。流産した胎児もＤＮＡ鑑定が出来ると後から知った。つまり当時の青虎は機会を逃した。結果、真相は何一つ明らかにならなかった。

ミヅハノメは青虎に疑われた直後に、骨刻を受けた。

彼女が何をその骨に刻んだのかは、青虎にすら教えなかった。きっと、誰にも教えていなかっただろう。

青虎の知る限り、それまでミヅハノメは骨刻を受けていなかった。彼女はこの時初めて、骨刻を受けたのである。

青虎とミヅハノメの仲は、もはや修復することすら出来なかった。ミヅハノメはこの件を境に、言刻会を去った。

愚かな青虎は、ミヅハノメが去ってからようやく、自分が何をしてしまったかに気がついた。自分達に足りていなかったのは何にもまして言葉だったのだと、陳腐な結論に思い至った。すると、自分が今まで何をしていたのかを正確に見ることが出来るようになった。

ミヅハノメがその骨に刻んだものは、安産祈願の言葉だったのだろうか。それとも、最後まで自分を信じなかった男への呪詛《じゅそ》だろうか。だが、たとえもう一度ミヅハノメに会えたとして、彼女の骨に刻まれた言葉を見ることは出来ないのだ。

青虎はこれを機会に、言刻会の代表を退いた。それきり、青虎は二度と言刻会に口を出したことはない。表舞台からも消えてしまった。

自殺頭痛を克服した月橋青虎がいなくなったことで、言刻会を取り巻いていた熱狂のようなものも薄れていった。そうして言刻会は、骨刻の禁止と共に役目を終えた。

4

骨刻が禁止されるのは、ある意味で時間の問題だった。骨刻は何一つ益をもたらさない無用かつ無害な技術であった。だが、生み出されてから十年あれば、骨刻でさえ悪用する方法を生み出せるのが人間だった。

骨刻でお互いの名前を刻み、心中するのは序の口だった。骨刻が過激な自己表現に用いられてきたのは変わらない。

新入社員に会社のロゴマークを無理矢理骨刻させる企業が出てきた時は、当然ながら炎上した。骨刻は表に出ない悪徳と相性が良かった。

決定的だったのは、骨刻を使った犯罪が横行したことだ。骨刻は極めてささやかな技術で、だからこそ、どんなものよりも足のつきにくい密書になった。インターネット上では簡単に痕跡が残ってしまう。されど、物理的に手紙などを残せばそこから足がつく。その点、骨刻は身体検査でも出てこない情報の隠し場所だった。

水面下でやり取りされる情報を全て検閲する為には、その人間の骨を全てレントゲンで透かす必要がある。それは現実的ではなかった。道を歩くどの人間の骨が書筒になっているのかを、外にいる人間は知る由もない。

骨刻された本人には何が骨刻されているのかが分からない、というのもポイントだった。裏切って情報を流される恐れもない。彼らは数多ある自分の骨のどこに何が書かれているかを知らないまま、西へ東へと移動した。

言刻会に対する訴訟が起きたのもこの頃だろう。骨刻によって病が治ると言い、適切な治療を受けさせずに殺したと糾弾されたのだ。

勿論、それで言刻会が罪を問われることはなかった。民間療法に頼るのを決めたのは患者自身である、と言刻会の代表となった後台医師は主張した。

「骨に言葉を刻んだだけで身体が癒やされるはずがないというのなら、あなた方が言葉によって藤野雪道さんを説得すればよかったのではないですか。藤野さんが最後の数ヶ月を穏やかに過ごすことが出来たのは、骨刻のお陰だとは思いませんか」

後台医師は裁判の中で、言刻会を運営する理由について尋ねられ、こう答えている。

「正直、利益は出ないに等しいです。骨刻を受けた患者から重ねて料金を取ることもありませんから。それでも、皆さんから頂く『ありがとう』の言葉が、私どもの糧となっています」


あってもなくてもいい骨刻の技術が次第に白眼視されるのと入れ替わりに、海外で骨刻が行われる例が増えた。機械が安価で払い下げられるようになり、素人が機械を使って安易に骨刻をする例も出てきた。だが、その程度の扱いでいいのが骨刻でもあった。

使い途は日本でのものとそう変わらなかった。各地で、骨に言葉が刻まれた。それは各々が信じる宗教の一文であったり、団体の掲げる誓いであったりした。骨に宿る言葉は、彼らのよすがとなった。たとえば、爆弾を巻かれて明日に飛び散る身でも、その骨には信じるべき無数の言葉が刻まれているように。

骨に言葉を刻んでいるのではないか、という疑いで殺された人間もいたが、殺した後に敢えて骨を確かめようという人間は殆どいなかった。そうした人間はそもそも人を殺さない。転がった骨に何が書かれていたかを気にする人間はいない。

情報を秘匿することがもっと大きな価値を持つような場所では、主に子供に骨刻が行われた。彼らは自分の骨を使い、情報を運んだ。その最中に捕まり拷問に掛けられても、骨に大量に書き込まれた言葉のどれが重要なのかを、本人も知らないのだ。

そういった骨刻の用いられ方を受けて、とうとう国内での骨刻には制限が掛けられることになった。骨刻処置を受けていいのは、やむを得ない然るべき理由を持った人間だけということになった。そんな人間は存在しない。実質的な禁止だった。

私はその後も海外で骨刻が用いられた事例を追っていたが、それもやがて耳にしなくなった。私が知る限りで、最後に骨刻が用いられたのは、発禁処分を受けた小説の内容を骨の隅々にまで刻んだという女性の例である。それがどんな小説だったのか、本当に彼女は骨刻を受けたのかはわからない。

こうして骨刻は忘れられた技術になった。

君が知る由もない、一時だけ流行った奇妙な遺物だ。

だから——君が祖母の骨に刻まれた謎の言葉を理解出来ないのも無理はない。

5

柳ヶ瀬千畝《やながせちうね》の葬式の日、君は喪服の代わりに、中学校指定の紺色のセーラー服を着ていた。

その姿を見て、動揺しなかったと言えば嘘になる。君はあまりにも、お祖母さんによく似ていた。君はこの葬式に晴れなんか似合わないといった風に、青空を睨みつけて立っていた。

君は松葉杖を突いていた。よく見ると、右足にギプスを巻いている。その時初めて私は、君がどういう状況に置かれているかを知ったのだった。

声を掛けることは出来ず、私はただただ君を見つめていた。それが目的ではなく、ただここには追悼の意思を示しにきただけだというのに。

私はどうにか躊躇《ためら》いを振り切って、受付のテントで名前を書いた。

そうして中に入ろうとした瞬間、君が声を掛けてきた。

「あなたは誰ですか」

語尾に疑問符すら付けてもらえないような、そんな冷たい声だった。答えを期待しているわけじゃなく、その言葉の纏う気まずさだけで、私を追い払おうとしているような声だった。

君から見た祖母は同世代の友人が多い人間ではない。祖父はとうに亡くなっている。そこに私のような老人が現れたとなれば、家族の暗部を暴くような不貞の徒だと考えてもおかしくないだろう。

ややあって、私はようやく自己紹介をした。

「私は、月橋青虎という者だ。昔、千畝さんとは同じ仕事をしていたんだ」

「同僚だったっていうことですか？」

「そうなるね。千畝さんには、随分お世話になった」

「知らなかった。おばあちゃんは、昔話をしてくれなかったから」

君がそう言うのを聞いて、私はそうだろう、と思った。

五十年以上も前、私が柳ヶ瀬千畝と——旧姓、堀越千畝と暮らしていたことも、彼女と私が言刻会という団体で活動していたことも、その時彼女がミヅハノメと呼ばれていたことも、きっと彼女は孫に語らない。

私が柳ヶ瀬千畝の葬式に出ることになったのも、殆ど偶然のようなものだった。

先月から私は肺を病み、とある病院に通院するようになった。

そこに、柳ヶ瀬千畝が入院していたのである。名字は変わってしまっていたが、千畝という名前と、歳月を重ねても変わらない彼女の面影が、私に確信を与えた。だが、私は彼女を遠巻きに確認しただけで、病室に足を踏み入れることは出来なかった。かける言葉が、思いつかなかった。

彼女が喉頭癌であることや、それ故に最後は言葉を発せずに死んでいったことを、私は人伝《ひとづて》に聞いた。結婚式では非常識だが、葬儀は人伝に日程を聞いて訪れても許される。

そういうわけで、私は見舞いすら行かなかった相手の葬儀に出て、君と出会ったことになる。

「……柳ヶ瀬千鶴です」

今の時代にしては随分古風な名前だと思ったものの、後に祖母が付けた名前だと知って納得がいった。彼女ならきっと、そういう類の名前を付けるだろう。すると、君は先に「おばあちゃんが千畝だったから、千の字だけもらったみたい」と言った。

「君は……中学生？」

「三年生。十五歳」

十五歳には見えない大人びた表情をして、君は答えた。私が葬儀はまだ始まらないんですか、と尋ねると、君は「色々と大変なんです。普通とは違うから」と、言った。

「おばあちゃんは火葬を拒否してるんです」

「火葬を……」

「……家族の誰も知らなかったことだったんですけど、おばあちゃんは骨刻をしていたみたいなんです。知っていますか？　骨に文字を刻むっていう、凄く昔に流行った慣習らしいんですけど」

それを聞いた時、私の心臓は跳ねた。

「知っているよ。それは、私達の世代で流行ったものだから」

「そうなんですね。おばあちゃんはあんまり病気したことなくて。今回癌が見つかってようやく、おばあちゃんの骨に骨刻がされてるってわかったんです。土葬なんて余計にお金が掛かるのに」

「けれど……火葬をしたら、骨刻が消えてしまうからね。そもそも、この年齢であれば骨自体があまり残らないかもしれないし」

今や墓の需要は増大している。死んでいく人間は大勢居るのに、それを埋葬する場所が無いからだ。それでも、柳ヶ瀬千畝は自分の中に刻まれた言葉を遺すことを選んだ。

「そうまでして、骨刻は残さなくちゃいけないものなんでしょうか」

はっきりとした声で、君は尋ねた。

「どうせただの言葉でしょう。意味なんかないのに」

「……それを言われれば、確かにその通りだ」

「おばあちゃんは、言葉次第で現実も変わるって、そう信じているような人間だった。でも、結局駄目だった。おばあちゃんはあれだけ元気になるって言ってたのに、結局は病に敵《かな》わなかった。私の足も——」

そこで君は不自然に言葉を切り、自分の膝のギプスを眺めた。

「言葉って寂しいですよね」

代わりに君が漏らした言葉は、なんだか酷く大人びていた。

「いたいのいたいのとんでいけとか、おばあちゃんの癌が治りますようにとか、そういう言葉に込めた願いって、一体どこに行っちゃうんだろう。結局、何の意味も無かったんでしょうか」

「いたいのいたいのとんでいけ、は怪我から気を逸らす為に有効だって聞いたことがあるけどね。そうしておまじないに集中させていれば、気が逸れて痛みを感じなくなるとか」

「それ、全然信じてない人の言い方ですよね」

君は、子供らしくふてくされた顔で言う。

「おばあちゃんの検査が終わった後、お母さんとかが結構騒いでて。それで骨刻のことがわかったんです」

「骨刻は……外から見てもわからないからね。お祖母さんは、骨刻のことを誰にも言わなかったのかい？」

「そうですね。……それに、骨刻自体のことがバレても、おばあちゃんはその意味を私に教えてくれませんでした」

「見てもわからなかった？」

君は頷いた。頷きは、言葉ではないが言語である。

「……ということは、文章ではなく、文字だったのか」

「そうです」

そう言って君は、松葉杖を地面に立てた。それをペンに見立てていることは、すぐにわかった。君が最初の一線を引く直前まで、私は迷っていた。

恐らく君は骨刻がどんなものなのかを知らなかった。そして、私は敢えてそのことを教えなかった。

そうでなければ、私はきっと死ぬまで真実を知る機会を得られなかっただろうからだ。私は結局、生きている柳ヶ瀬千畝に会いに行くことが出来なかった。彼女と言葉を交わすことが、最後まで恐ろしかったからである。

そんな私が、彼女の骨刻を見ていいはずがない。これは重大な裏切りであり、本来なら許されないことだ。

だが、君は私の目をじっと見て言った。

「貴方なら、おばあちゃんの骨刻の意味がわかるんじゃないですか？」

君はそう言って、私が何かを答えるより先に、松葉杖を動かした。

ややあって、私は言った。

「……これは、漢字だ」

「漢字？　こんな漢字知らない」

「……崩してあるんだ。願いを込めて、これが人間に強い力を及ぼすように。本来の漢字はこうだった」

私は君から杖を受け取ると、崩された『御言葉』の横に、本来の漢字を書いた。それを見た君は、まるで手品の種明かしでもされたかのように、呆けた顔で口にした。

「……火？」

「そう。火だ」

「おばあちゃんは、どうしてこんな字を、身体中の骨に刻んでいたの？」

私は答えなかった。いや、答えられなかった。彼女の方が先に読み終えた神話の本を思い出す。

彼女が再現しようとしていたのは、コノハナサクヤヒメだ。

ニニギノミコトと結ばれたコノハナサクヤヒメは、一夜にして子供を授かる。だが、あまりに早い授かりに、ニニギノミコトは妻の不貞を疑う。疑われたコノハナサクヤヒメは産屋《うぶや》に火を放ち、その中で出産することで身の潔白を証明した。

千畝が母屋に火を放つことはなかった。

彼女が火を放ったのは、その身体にだ。

だが、私は彼女のお産の行方を見届けることは出来なかった。彼女がどれだけ私に信じてほしかったのかすら、知らないままだった。

代わりに、私は背を丸めて襲い来る涙の気配に耐えていた。

「ちょっと、どうしたんですか……」

私の骨に刻まれた骨刻は、私の骨が塵になるまで残り続ける。この身体の中に残っている。私の人生を左右した言葉は、ただそこにある。

「……その足は？」

急に尋ねられたからだろう。君は一瞬驚いた顔をしてから答えた。

「……原因は分からないんです。膝の関節が壊死《えし》する病気で。手術で人工関節を入れるんですけど、まともに上手くいくかもわからないです。おばあちゃんは上手くいくって言ってたけど……おばあちゃんは、もういないから」

「大丈夫だ」

私は間髪容れずに君に言う。

「大丈夫。きっと手術は上手くいく。言葉には力がある。君の手術が成功しますように。君が幸せな日々を過ごせますように。言葉はきっと、骨まで届く……」

私は一瞬で消えていった骨刻という技術を背負い、君に今呼びかけている。大丈夫。手術はきっと上手くいく。君は元通りに歩けるようになる。

遅れた葬儀の開始を知らせる声がする。それと重なるように、君を探して名前を呼ぶ声が響く。

BTTF葬送

「やっぱり『ターミネーター』を観に来たんだろう？」

同じ年の頃の男に声を掛けられ、私は思わず苦笑してしまう。正直に話すべきか、話さざるべきか。少し迷ってから、私は布教をするような気持ちで言った。

「私は『ネバーエンディング・ストーリー』を観に来たんだ」

「おっ……そりゃあ……結構珍しいな？　何せスクリーンの一から三は『ゴーストバスターズ』だってよ！　そんで、十から十五は『ターミネーター』だ。『ネバーエンディング・ストーリー』はスクリーン六だけなんだろ？」

「だからといって、名作でないわけじゃない。一〇〇年観続けられてきた作品だ」

私は少し大人げない口調で反論する。『ネバーエンディング・ストーリー』は、私が母親と共に初めて観た映画だった。愛や希望といった、目には見えないけれど大切なものの全ては、あの映画で私の中に宿ったのだ。八十年余りの長い人生を生きるにあたって、あれほど私の指針となった映画も無い。間違いなく、私のオールタイムベストの中に入る。少なくとも、一九八四年に公開された映画の中では一番好きだ。

私の反論に驚いたのか、男は目を丸くした。ややあって、その顔がふにゃりと柔らかくなる。

「悪かったよ。別に馬鹿にしてるわけじゃないんだ。俺は町川。しがない一人の映画好きだ」

「ああ、私は矢羽という。よろしく頼む」

さっきは少し反感を覚えたが、映画が好きな人間に悪い人間はいない。そして、映画好きは同じような映画好きを求めるものだ。町川は嬉々として私の傍に寄り、言った。

「俺も『ネバーエンディング・ストーリー』を観ようかな」

「ちゃんと券を持っているのか？」

「今日の日の為に、財産の全てを処分した。これで八本は観られる。俺の生きてきた全部を擲《なげう》っても八本しか観られないってのは泣けるけどな」

それでも十分過ぎるくらいだ。一生上映会に足を踏み入れることすら出来ない人間も、この世には存在する。

「そういえば、あんたは随分身軽だな。現金もそんなに持ってなさそうだし、カードで決済するつもりか？　それとももう交換済みか？」

「いや、私は別のものを持って来てるんだ。一旦は手持ちの金で払って、もしそれ以上欲しくなったら、それを渡す」

上映会では土地の権利書なども取引されるからだろう。町川は特に違和感を覚えなかったようだった。それ以上突っ込むこともなく、話を続けた。

『ターミネーター』を三回観た後はどうするか決めてなかったんだ。一回はあんたと一緒に観たい」

私は頷き、町川と共に次の回に入ることにした。私は券を十二枚買えるだけの予算がある。その内の二枚を『ネバーエンディング・ストーリー』に使う予定だったが、一回は『ターミネーター』を観てもいいかもしれない。スクリーンから延びる長蛇の列を見ながら、町川は感慨深げに言った。

「一九八四年は凄いな。観たいものが死ぬほどある。俺は『ターミネーター』一押しだが、それでも『アマデウス』も『インディ・ジョーンズ』も観たい」

「私はここに加えるなら『フットルース』がいい」

「あんた、やっぱりキラキラしてんのが観たいんだな」

「別にいいだろう。名作だ」

「一九八五年もこれまた凄い。『ランボー』に『007』に、あの『ゴジラ』も公開された。そして何といっても『バック・トゥ・ザ・フューチャー』がある！　ああ、俺は『ターミネーター』よりもBTTFの方が好きかもしれない」

「なら、一九八五年の上映会も来ればいいんじゃないのか？」

そう言って、私は失言に気づく。町川は今日の為に財産を一切合切処分したという。そして、八枚という一般人には多過ぎる入場券を手に入れたのだ。それの意味するところは一つしかない。私が何か言う前に、町川が言った。

「腎臓が悪い。もう半年もたないだろう」

「そうか……。けど、そうだろうな」

「お前は？」

「私は心臓を患《わずら》っている」

余命半年とは言わないが、来年の上映会に参加出来るかは分からない。私は一九八六年公開の『スタンド・バイ・ミー』も観たいのだが、流石《さすが》にそれは難しいだろう。上映会の資格を満たす為にはそうならざるを得ないのだろうが、並んでいる観客達には、私達のような老人が目立つ。きっと彼らも来年まで生きられるかは怪しい。時折、まだまだ前途の明るそうな若者が混じっているのを見つけると、それはそれでやりきれない気分になった。スクリーン十八に並ぶ車椅子の少女は、鼻に人工呼吸器を着けている。彼女の胸には『グレムリン』のギズモのぬいぐるみがあった。

「畜生、そうだ。『グレムリン』もあったな。あの子の両親は趣味がいい」

「本当にそうだな」と、私も頷く。

「一九八〇年代は本当に映画の黄金期だ。どれもこれも名作過ぎる。こういうのを見せつけられると、映画には魂があるっていうのが信じられるよな。こんなに面白い映画ばっかりが作られてる時代は他に無いんだから」

「……ああ、そうだな」

一九八〇年代黄金期の映画は、何故そうなったか分からないくらいの素晴らしい出来だ。きっと傑作映画が公開され、新進気鋭の作り手達がそれを観て感動し、奮起して作った傑作にまた影響を受け――という連鎖が起こっていたのではないかと思うのだが、真相は定かではない。一〇〇年前の黄金期を目の当《ま》たりにしたら、映画在魂論がこれだけ勃発するのも当然なのかもしれなかった。私も傑作映画のフィルムを前にすると、それが息づいているように感じられたものだ。私はじっとフィルムを見つめ、それが内包している物語に思いを馳せ、そしてそれが一〇〇年先まで生きられるよう、祈りを込めながら作業をしていた。

「お、そろそろ入れるみたいだぞ」

町川が私の脇腹を突き、列が動き出したことを教える。いよいよ私が――いや、ここにいる観客達が、『ネバーエンディング・ストーリー』に別れを告げる時が来たのだ。

場内は既に満席に近く、人が大量に集まった時特有の熱気に包まれていた。この空気を浴びて、一瞬で自分が若者だった頃に引き戻される。あの頃は、この椅子に座るだけで幸せだった。長い時間座っていると首と肩が痛くなってしまうこの椅子が、自分の幸福そのものであったのだ。

かつてのスクリーンには、上映前に予告やら注意事項やらが流れていたものだが、この上映会にはそれが無い。ただ物語の始まりを予感させる真っ白い画面があるばかりだ。私は胸の高鳴りを抑えられなかった。見ず知らずの他人と、同じ物語を共有する喜び。面白かった、という思いを身体の隔たりを超えて繋ぎ合わせられる体験。

誰一人騒ぎ立てている人間はいなかった。これだけの観客がいるのに、場内は水を打ったように静まり返っている。あのお喋りな町川も息を詰めてスクリーンを見つめていた。久しぶりに味わう至福の時に、胸を高鳴らせているのだろう。私も、上映開始のブザーが鳴り、場内が暗くなるあの瞬間を待った。

そうしてスクリーンの前に一人の若い女が躍り出てくるのと、上映開始のブザーが鳴るのとは同時だった。

女は意思の強そうな瞳をしており、一度見たら忘れられないような端正な顔立ちをしていた。似たような顔立ちの女優が好きな映画に出ていたことを思い出す。殺し屋が少女と暮らす映画だ。

喪服のような黒いワンピースと黒いストッキングを穿《は》いている。あるいは、彼女が着ているのは本当に喪服なのかもしれなかった。この上映会には、同じように喪服姿でやって来ている客が大量にいた。女の手元には小型マイクが握られている。彼女が話し始めると、腰に付いたスピーカーから声が響き渡った。

「皆さんを人質に取らせて頂きました。座席から一歩でも動けば、スクリーン六内に仕掛けられた爆弾が作動します」

場内から悲鳴が上がった。辺りをパニックが支配する気配があったが、誰一人立ち上がらなかった。目の前の女があまりに真剣だったからだろう。この女なら、スクリーン六にいる一一〇人余りを容赦無く爆殺するだろう、と思わせる苛烈さがあった。

「どうしてこんなことをするの!?」

老婦人が悲痛な声を上げた。彼女もまた、最後の映画を楽しみに来ただけだろうに。まさか爆殺されかけるだなんて思いもしていなかっただろう。女は老婦人を一瞥すると、ゆっくりと口を開いた。

「私は映画の魂を信じない。映画の輪廻転生なんてありえない。だから、止めにきたんだ。来年には『バック・トゥ・ザ・フューチャー』が葬送される。BTTFを守る為なら、私は何だってする」

ああ、と私は思う。自分はようやく——今になって、理解者に巡り会えたのだ。この場で、自分の好きな映画が上映される劇場で。

私も同じだ。私も——私も、葬送などされたくはなかった。映画のフィルムは、焼けば終わりだ。


一九八〇年代は映画の黄金時代だった。次々と傑作が生まれ、現場が成熟し、それがまた傑作を生むという美しい輪廻転生が行われていた時代だ。続く一九九〇年代も、二〇〇〇年代も、オールタイムベストに挙げられる名作が数多く上映された時代である。あの頃、映画産業は楽しかった。続く二〇一〇年代は輝きを失っただなんて言われてはいるが、私はあの時代の映画も大好きだ。

だが、二〇四〇年代になって、映画産業には明らかな翳りが見られるようになった。目に見えて傑作が減り、時間稼ぎのように作られる映画ばかりが増えた。映画館自体もどんどん潰れていき、一時期の希望の光であったはずの配信サイトですら収益が伸び悩み始めた。どれだけサイトが整備されていようが、配信される映画がつまらなければ意味が無い。そういうことだった。

映画産業が徐々に痩せ細り、指の間から零《こぼ》れ落ちていく砂のように凋落《ちょうらく》していくのを、私は痛ましい気持ちで見つめていた。私が想像出来る理由はいくらでもあった。例えば、映画業界に人材が少ないことであるとか、映画を守る為の投資が全く為されていないだとか、そもそも二〇六〇年代に起こった感染症騒ぎと、それに伴う国家体制の変更が映画というものに致命的な打撃を与えたのではないかとか、そういった理由が。

だが、ほんの二十年ほど前に、新たな事実が明らかになった。

なんと、映画には魂が存在するのだそうだ。

映画には魂の入っている映画と魂の入っていない映画の二種類が存在し、魂の入っている映画が所謂《いわゆる》『傑作』と呼ばれているもので、魂の入っていない映画が観るに値しない駄作だ。何ともシンプルな基準である。ここ最近の映画は全て魂の入っていない映画であり、魂を入れなければどれだけ工夫をしても、つまらない映画にしかならないのだ。

つまらない映画ばかりが生まれ、面白い映画が生まれない理由が明らかになって、世界はようやく明るくなった。対策が立てられるようになったからだ。映画に魂が入らないのは、魂の量が一定だからだ。なら、魂の入っている映画から魂を解き放ち、映画の輪廻転生を行えばいいのである。

映画不作の二〇六〇年代、観られているのは八十年以上前の映画ばかりだった。『となりのトトロ』に『E.T.』そして『バック・トゥ・ザ・フューチャー』だ。これらの映画は決して古びず、リマスターを掛けられてはまた息づくのだ。

それらの映画が目を付けられた。こうした映画がずっと後に残され続け、囚われた魂が解放されない限り、面白い映画は生まれない。過去の傑作を惜しむ気持ちが、映画自体を殺してしまった。だから、映画の未来の為には、葬送を行わなければならない。

二〇六五年、最初に葬送されたのは『サウンド・オブ・ミュージック』だった。一九六五年公開で、一〇〇周年を迎えた傑作だ。二〇六〇年代においても何度も放送され、人気を誇っていた作品だ。それが、まず上映禁止となった。『サウンド・オブ・ミュージック』を配信するのも、それが記録されたメディアを所持することも禁止された。今や、インターネットで検索しても、関連情報は悉《ことごと》く弾《はじ》かれているだろう。こうして『サウンド・オブ・ミュージック』を大衆の記憶から消すのが、葬送の第一段階だ。

そして葬送の最終段階では、一部の人間だけを集めて『サウンド・オブ・ミュージック』の上映会が催された。上映会に参加出来るのは何かしらの伝手《つて》がある選ばれた人間か、法外な入場料を払うことが出来る、死期を間近に控えた人間だけだ。死が迫っている人間ならば、葬送される映画を観て記憶に留めてもいい。そういうことだ。

巨額の金が動く上映会に、余命僅かな映画好きが殺到した。これが『サウンド・オブ・ミュージック』を観られる最後の機会だったからだ。

上映会が終わると、大量に集められた『サウンド・オブ・ミュージック』の上映用フィルムが焼かれる。これで二度と『サウンド・オブ・ミュージック』が上映されることはない。人々が『サウンド・オブ・ミュージック』のことを本当に忘れ去ることが出来る。そうすれば、映画の魂が解放されるのだ。

解放された魂は新たな映画に宿る。そして『サウンド・オブ・ミュージック』のような傑作が生まれる。こうして昔の映画を観られなくすることは、未来への投資なのだ。

この理屈で、多くの映画が葬送された。葬送される映画の基準は一〇〇周年を迎えた、今も繰り返し観られている傑作だ。それらが何度も観られていたことを考えると、確かに葬送は人々の映画観を新陳代謝させたと言えるかもしれない。だが、それで傑作が生まれるかどうかは怪しいものだった。

大衆の中では——あるいは、葬送を進めている人々の中では、ぽつぽつと傑作の芽は生まれている実感があるのだそうだ。こうして魂が宿っていけば、新たな傑作映画が生まれる黄金時代がきっと来る、らしい。失われた一九八〇年代よ、もう一度。

私は葬送に対して懐疑的だった。葬送が行われたところで、映画に魂が宿り傑作が生まれるなんてことはあるのだろうか？　むしろ、映画というものは過去の名作を観て、それで新たに面白いものが生まれていくものなのだと思っていたのに。

これのお陰で、私の好きだった『ジョーズ』も『エイリアン』も、存在しない。だが、ぼやけた記憶の彼方に、好きだったという気持ちは残っている。これでも映画の魂が囚われていることになるのだろうか？　その所為《せい》で新しい映画に未だ魂が宿っていないのだとすれば、申し訳ないと思う。私の寿命はそろそろ尽きるので、容赦してもらいたい。

葬送に効果があるのか、映画に魂はあるのか、それは私には判別出来ない。輪廻転生の先を確認出来ないまま、私は死ぬ。

だからこそ私は、本当は『ネバーエンディング・ストーリー』を最後にはしたくないし、町川の好きな『ターミネーター』も焼きたくない。自分が死んだ後も、ずっとそれが誰かに観続けられていてほしいと思う。だが、葬送は行われ、私は未練がましく上映会に参加することしか出来ない。

そんな私の前に、彼女が現れたのだ。


私は座席からゆっくりと立ち上がった。映画館では絶対に許されない行動だ。女は目敏く私の動きを察知すると、金切り声で叫んだ。

「座席から動くなって言ったはずだ!」

「私は逃げようなんて思っていない。私はただ、君と話がしたいだけだ」

静かにそう言うと、女はこちらを睨みつけながらも、一応対話の姿勢を見せてくれた。私は続ける。

「私も、葬送には疑問を持っている。映画に魂など存在しない。これだけ映画と向き合ってきた私だからこそ、そう思う」

「こんな上映会に参加しておいて、よくそんなことが言えるな」

「そう思っている人間でも『ネバーエンディング・ストーリー』は観たい。今日を逃せば、永遠に観られないんだから」

周りの観客から、小さく同意の声が出た。この中には爆死することよりも、映画を見損ねることを恐れている人間がいるらしい。私は彼らを見回してから、彼女のことを見つめ直した。

「だが、この場にいる人間は誰も彼も余命の僅かな人間ばかりだ。人質にしたとしても、国は交渉に応じないだろう。いや、たとえ余命僅かな人間だけじゃなくとも、やはり交渉には応じない。何故なら、葬送はもう始まってしまっているからだ。今更葬送を止めても、既に数多の傑作は葬り去られてしまった。なら、焼き続けるしかない」

「それでも、ＢＴＴＦは守れるかもしれない」

「守れない。過去に戻っても私達は同じことをする」

私ははっきりと言った。そういえば『バック・トゥ・ザ・フューチャー』は、過去に戻って未来を変える物語だった。葬送が始まる前に戻れたら、私は——目の前の彼女のように、戦えるだろうか。

「……なら、それでもやっぱり、ここでみんな死んでもらうしかない。上映会でこんなことが起こったとなれば、止まることはあるかもしれない」

どうだろうな、と私は思う。正直なところ、それが起こったところで何が変わるかといえば、上映会が中止になるだけなんじゃないだろうか。それか、規模がもっと小さくなり、入場料だけが高く引き上げられる。映画の葬送に立ち会える人間が少なくなる。そうしたら、新しい映画が面白がられるのだろうか。それが映画の輪廻転生だとしたら、そんなものは糞食らえだ。

「いい加減席に着いて。これから私は交渉を始めなくちゃならない。駄目なら、ここで全員死ぬだけだ」

「いいや、まだだ。……私には、私の立場なら、別のやり方がある。君に提案が出来る」

「どういうこと？　貴方が何だっていうの？　貴方に何が出来るの？」

女は訝《いぶか》しげに私のことを見ている。そう思うのは当然だ。彼女は私を知らないのだから。

私は余命が短いのもあるが、それとはまた別の特別な理由によって、上映会に招待された人間だ。私は彼女のことをしっかりと見据え、言った。きっと、彼女になら伝わるはずだ、と思いながら。

「私は――フィルムアーキビストだった」

案の定、彼女は大きく目を見開いた。

フィルムアーキビスト。それが私が人生を懸けて全《まっと》うした仕事であり、今はもう、存在しなくなってしまった仕事だ。

「この仕事のことは知ってるかな？」

「……知ってる。憧れていた仕事だった」

「そこまで映画が好きで、こんなことをするくらいなんだからそうだろうと思っていた。葬送制度が始まるより前から、なかなか知られていない仕事だけどね」

フィルムアーキビングとは、映画を保存して後世に伝える為の仕事だ。映画のフィルムを修復したり、あるいはカタログ化して記録に残したり、生フィルムを蒐集したりと、映画の寿命を延ばすことに特化した仕事だと言える。私は映画が好きで、自分の好きなものを永遠にする為に必死だった。

今となっては、何の意味も無い仕事だった。私が修復したり蒐集していたような時代の映画は軒並み焼却されてしまった。あれだけ繊細な作業を重ねて、ようやく復元した当時の影も呼吸も、炎に呑み込まれて消えてしまった。

映画に輪廻転生が必要なのだとしたら、私が今までやってきたことは単なる映画への冒瀆だったのだろうか？　過去の傑作を修復し、何度となく上映会を主催してきた自分は、映画のことを真に愛していなかったのだろうか？

そんなことはあるはずがない。あるはずがないのに、私の人生は虚しい塵に還ってしまったような気分になった。私は『ネバーエンディング・ストーリー』が一〇〇年後も千年後も残って欲しかった。『ネバーエンディング・ストーリー』と同じくらいの新しい傑作なんか、全然欲しくなかったのだ。

「フィルムアーキビストという職業が、映画の葬送とどれだけ相性が悪いか分かるだろう？　だが、映画の葬送をするにあたって、フィルムアーキビストほど協力を求められる存在も無かった。何故なら映画のフィルムの保存にあたっているのは私達だったからだ。私達にフィルムの供出を行わせなければ、葬送は成り立たない」

最初の頃は抵抗運動も盛んだったが、度重なる圧力によって結局屈した。映画を守る立場だった人間が、映画をこの世から消し去る活動に協力するようになった。あの時の心を削られる感覚が、忘れられない。

「……どうして戦わなかったの」

「そうだね。本当は君みたいに爆弾でもなんでも使って映画を守ればよかったのかもしれない。だが、私は戦えなかった。自分が死ぬまでに、この狭い脳髄の中に映画の魂を閉じ込めることだけを考えるようになってしまった」

老いたフィルムアーキビスト達に、国は安く優先的に上映会への招待を行った。無力感を突きつけられたアーキビスト達は、自分のささやかな慰めの為に、上映会へ向かった。私も心臓を患う前から、何度も映画の葬送に立ち会ってきた。お陰で財産も殆《ほとん》ど残っていない。余命宣告を受けているから、今更どうでもいいことだが。

上映会にやって来た観客は、どんな映画でも涙を流す。私もその一人だ。私達は映画の未来なんてどうでもよかった。ただ、自分の好きな物語を守りたかっただけなのだ。

「だが、ここに来て『ネバーエンディング・ストーリー』の上映を待っている時、魔が差したんだ。これが観られなくなるくらいなら、いっそのこと何かをしてみようかって」

そう言って、私はポケットからとあるものを取り出した。じっとそれを見つめてから、女に投げ渡す。彼女はマイクを持っていない方の手で、器用に受け取った。

「……これは?」

「私が今日乗ってきた車の鍵だ。本当は、今日の入場料代わりに引き渡すつもりだった。すごく特別な仕様の車だからね」

きっと彼女も気に入るはずだ。懐古趣味と笑われることも多く、これからきっと許されなくなる仕様の車である。

「その車のトランクには、私がフィルムアーキビストとして修復して保存してきたフィルムが入っている。来年には葬送されてしまう映画ばかりだ。『ブレックファスト・クラブ』『雪の断章』……黄金期、一九八五年の映画だ。勿論──『バック・トゥ・ザ・フューチャー』もある」

彼女の目が更に大きく見開かれる。来年には焼かれてしまうのだから、先に国に渡してしまおうと思っていたフィルムだ。個人的なコレクションを先んじて渡せば、上映会への入場券の足しになる。心臓が保つ限りは、それで私の好きだった映画を目に焼き付けることが出来る。

「けど、それは君に託そう。きっと、君ならそれを守り切れるはずだ。私達は爆弾で脅されていた。私は泣く泣く車の鍵を渡すしかなかったんだ」

勿論、彼女が逃げ切れる可能性など殆ど無い。だが、ここで国との交渉を始めて、泥沼を演じた末に射殺されることを思えば断然目がある。今ならまだこの騒ぎはそう大きなものにはなっていないはずだ。

「私達は脅されていたから、君のことを喋れなかった。そういうことにしよう。だから、君は早く逃げればいい。フィルムがあれば、上映の機会はきっと来る」

「……本当にそう思う？」

そう尋ねる彼女の目は、年相応に揺らいでいた。私は初めて、彼女が第一印象よりもずっと若いことに気がつく。そんな彼女が、一〇〇年近く前の映画を愛してくれていることに、私は場違いにも感動してしまった。もし『バック・トゥ・ザ・フューチャー』が適切に保存されていなければ、彼女がそれを好きになるきっかけは無かったのだ。

「……私はきっと捕まる。ここで上映会を脅した方が、打撃を与えられるかもしれない」

「でも、フィルムさえ生き残らせることが出来たなら、きっと映画は死なない。そうは思わないかな？」

彼女は一瞬だけ迷う素振りを見せた。自分の手の中の鍵とスクリーンを交互に見る。そして、私は駄目押しのように――本当はそれが本命であることを強く意識しながら、軽く笑って言った。

「何だかんだ言って、私は『ネバーエンディング・ストーリー』が観たいんだ。だからこの場がこれで収まるなら、それが一番いい」

場内から軽く笑いが起きた。何故か拍手まで沸き起こる。二〇八四年の現在ではあまり見られなくなった光景だが、昔の映画館ではこんな風に映画に拍手を送ったり、スタンディングオベーションをしたりという光景が見られたらしい。流石の私もその時代の映画館は知らないが、なかなか良い文化ではあると思う。少なくとも、映画館には喝采が似合う。

彼女はもう迷いを捨てていた。私が射抜かれた意思の強い瞳が、今やまっすぐに未来を見据えている。そして彼女はスクリーンを一瞥してから言った。

「――分かった。私はここから逃げる。この鍵と一緒に、未来に行く」

「車は駐車場のBエリアの端にある。近くまで行けば鍵が反応するはずだから、それで見つけてくれ」

「これが全部嘘で、この鍵はただの飾りだったら？」

「だったら、私の墓の前で散々詰《なじ》ってくれ。私はどうせもうすぐ死ぬんだ。嘘を吐《つ》いてまで生き延びる理由もない」

「捕まったら、きっと私の方が早死にする」

彼女が少しだけ冗談めかした口調で言う。そのまま、彼女の目がゆっくりと細められた。

「……ねえ、もし本当だったら？」

「本当だったら？　何がだ」

「映画には魂があって、私達のような過去の傑作にこだわる人間の所為で、新しい傑作が生まれないんだとしたら？　そうしたらやっぱり、私達のやっていることは映画に対する冒瀆なのかな？　私達の所為で、本当に面白い次の傑作が生まれないのなら——」

ああ、と思わず声が漏れた。彼女は本物だ。本当に、彼女は映画が好きなのだろう。そうでなければ、今更それを不安には思わない。

映画の世界は縮小再生産だ。一〇〇年経って面白い映画は作られなくなり、人々は映画に対して諦めに近い感情すら覚えている。魂というものを信じるほど映画がつまらないなんて、本当に恐ろしい。でも、それが真実だったとしたら？　映画には魂があり、自分達のような醜い懐古の徒が、未来の『バック・トゥ・ザ・フューチャー』を殺しているのだとしたら？

私は少し考えてから、言った。

「だとしたら、人間は『バック・トゥ・ザ・フューチャー』だけ観てればいいんだ」

女はいよいよ走り出した。出番を終えた映画の登場人物のように、素早く舞台袖へと捌《は》けていく。

会場のざわめきは一旦大きくなったものの、やがてまた上映前の静かな高揚だけが場を満たすようになった。私は大きく息を吐いてから、もう一度着席する。

「なあ、凄かったな」

隣の町川が興奮気味に言う。

「あれを言っていいんじゃないかって思ったよ。ほら、例の台詞。『映画みたいだ』」

「ああ、確かにその通りだ。今のはまるで映画みたいだった」

「本当に渡して良かったのか？　お前の話が本当なら、お前の全財産に近かったんじゃないか」

「それに、映画の葬送にも貢献出来なかった。重罪だ。金が工面《くめん》出来たところで、もう上映会には出入り出来ないかもしれない」

だが、私は何故か晴れやかな気分だった。彼女は無事に逃げおおせるだろうか。逃げられなくてもいい、と私は思う。結局のところ、私は彼女が自分の車に乗るところを見たかっただけかもしれないのだ。

私はなかなかの映画マニアで、一九八〇年代の黄金期の映画が特に好きだ。だから、自分の趣味のものは大体がその時期の映画にまつわるものである。ソファーは『ニュー・シネマ・パラダイス』に出てきたものであるし、車は——あのデロリアンにそっくりなものを特注している。

彼女が私の車を見て、驚いた顔をするのを想像した。それから彼女は笑ってくれるだろうか。そうであったらいい、と私は思う。そして、あわよくば私のデロリアンに乗って、彼女に世界を変えてほしい。彼女がデロリアンのハンドルを握るところを想像する。エンジンの唸る音と、上映前のブザーが重なる。

程なくして、何事も無かったかのように場内が暗くなった。私の魂に刻まれた映画のオープニングが、スクリーンの中に映し出される。

不滅

■叶谷《かなや》仁成《ひとなり》の供述

聞こえているだろうか。見えてもいるな？

職員達の避難が終わったらしいから、中継を始める。

俺が、クレイドルー宇宙港を占拠した主犯だ。

名前は叶谷仁成。元々は警視庁の公安部に所属していた。通常、俺の役職じゃこうして名乗ることもないんだが、俺がこれから話すことに一定の信憑性を与える為に、敢えて言う。こうなった以上、職業倫理がどうってのも意味が無い話だからな。

それに、こうして身元を明かしたら、一連のことが虚仮威《こけおど》しじゃないと分かってもらえそうだろ。

俺が持っているのは本物の爆弾だ。クレイドルー港の三分の二を吹っ飛ばせる量がここにある。

言っておくが、俺は金の為や葬送優先権の為にこんなことをしているわけじゃない。後で一つ『お願い』を聞いてもらうつもりだが、何かを要求する為にこんなことをしているわけじゃない。

よって、説得にも応じない。

これからどんなことが起ころうと、俺はこのクレイドルー港を爆破する。ここが爆破されれば、甚大な被害が出るだろう。生きた人間は巻き込まないつもりだが、クレイドルーが使えなくなれば、国中が混乱の渦に叩き込まれるだろうな。ただでさえ打ち上げ場所が足りてないってのに、ここは今やこの国で最大の宇宙港だ。ここを壊せば向こう半年——一年は溢れるぞ。

……ああ、勘違いされたくはない。俺は別に安置派じゃない。宗教的な考えや超自然的な考えは一切持ち合わせていない。俺の目的はもっと現実的で……個人的なものだ。こんな世の中で『超自然的』なんて言葉がどれだけ意味のあるものかは分かんないけどな。

爆破はここで行う。起動と共に、俺の身体は木っ端微塵になって瓦礫《がれき》に混ざるだろう。黎明期に爆散主義者達が唱えていたやり方を実践に移せるってわけだ。結果は当時の通り、処理に困る肉片が転がるだけになるだろうけどな。

全く——国土が狭くて人が多い、どうしてこんな国が最初だったんだろうな？　今となっちゃ笑える話だが、昔はこの国の火葬の文化がこんな現象を引き起こしたんだって、妙な言いがかりをつけられたこともあったらしいな。今でもあるのか？　何にせよ、ここから感染《うつ》ったって主張してる集団もいるらしいしな。

結局は、土葬が半数を占めてたアメリカだってこの現象に襲われたわけだし、世界中どこを見たって例外は無いんだけどな。日本の次はイギリスだったか？　まあ、今となっちゃどうでも良い話だ。

けど、本当に……因果な話だと思うぜ。悪夢みたいだとも思う。毎日毎日空に飛んでく葬送船を見ながら、俺はいつかこれがフッと終わる時のことを夢想するんだ。人間がただ普通に生きて暮らして、土に還るようになる日を。

まあ、そんなことを言ったってしょうがないよな。

じゃあ、回りくどいかもしれないが、発端から始めて……どうしてこうなったかを順を追って語ろうと思う。俺のこの声明がなんかの巡り合わせでゴールデンレコードのように飛ばされるかもしれないしな。

じゃあ、十五年前の話からするか。俺がまだ二十代半ばだった頃の話をな。

俺は『最初の死体』を扱った刑事だよ。同時多発的に起きた現象だから、どれが最初かは厳密には分からないだろうけどさ。間違いなく、俺は第一波には触れた。知ってるか？　日本では大体一日に三七五〇人死ぬんだってさ。そりゃあ最初が誰かなんて分かるはずがないよな。

別に仕事ってわけじゃなかった。非番の時に、川で住所不定の男が溺れ死んでるのを見つけてな。それを通報して——それが、不滅現象の時期と被ってたからな。俺はその後担当に引き渡しちまったから、正確にはその後を見てはいないんだが——あれも腐んなかったんだろうな。思えば、男の死体は水に浸かってたはずなのにえらく綺麗だった。

あの時期、至る所で不滅現象の波が国を覆ってた。それは静かに迫ってきて、全てを変えちまったんだ。

■菊宮秀太の供述（あるいは、とても私的な最初の目撃者）

そう、私が不滅現象の最初の目撃者でしてね。ええ、確かに同時多発的に起きた現象でありますが、この六笠町で起きたことを聞いたら納得するでしょう。ね、まあ……ええ、最初に記者からの取材を大量に受けたとか、窓口を設けるのが早かったとか……。

私は昔、大手の新聞社で記者をやっていたんですよ。昔取った杵柄《きねづか》というわけです。コネも無くはありませんですしね。そういう繋がりって、意外なほど長く続くもんです。

……新聞社を何故辞めたのかって？　そんなの、おたくらで調べればいいでしょう。調べるのが仕事なんだから。別にこっちだって隠してるわけじゃなし、すーぐわかりますよ。ねえ。

はい。じゃあ、不滅現象についてですがね。最初にそうなったのは、うちの女房ですよ。菊宮めり乃。ね、この名前は聞いたことあるでしょう。なんせ日本で一番有名な死体って言われてるくらいだ……。

ある日うちにね、物盗りが入ったんです。金があるように見えたのか、はたまた私が記者をやっていた時のしがらみかなんかで、入ってきたんかは分からないんですけどね。そこに、うちのが居合わせちゃったんだな。物盗りは女房の頭を一撃してね、死んだとみると何にも盗らずに逃げたんです。物色した跡があったから、探してはいたんでしょうけど――目当てのもんは見つからなかったみたいですねえ。

心当たり？　さっき言ったじゃないですか。金目当てか、もしくは私の昔の……仕事に関することでしょう。ああそうだ、若い人は知らないかもしれないけど、舞山商事の脱税問題を暴いたのは私なんだよ。私は有能な記者で、嵌《は》められさえしなければ退職まで一線で活躍し続けていたはずなんだ。

で……そう。女房が死んで、私はおいおい泣きましてね。でも、泣いてばかりいられないでしょう。葬式の手配をして、女房を焼く準備を始めたんですな。夏の暑い日だったから、今に死体が腐るんじゃないかとヒヤヒヤしました。どうにか……エアコンをガンガン効かせて、部屋を冷やして対応してね。ああ、さっきのは下手な洒落《しゃれ》なんかじゃあないですからね。

けど、このタイミングで……私らの住んでいる六笠町に台風がやってきましてね。いやあ、酷いもんでした。記録的な大雨であちこち氾濫《はんらん》しましてね。幸い、死亡者ってのはいなかったんですが、怪我人は大勢出ましてね。おまけに水害で火葬場が使えなくなったんですよ。

正直な話参りましたね。余所の町に運ぼうにも道路も駄目だし、人手も無いしで。こりゃあ、女房は腐るぞって思ったんです。いつまでもエアコンで凌げるってわけじゃないでしょう。雨だってのに、蒸し暑さは変わらなかったしね。

でもね、そこで驚きましたよ。三日経とうが、あるいは一週間経とうが、女房の死体は腐らなかったんです。あれ？　おかしいなって思いましたよ。町内の連中も噂しましてね。ええ、何かおかしいなあって。人の死体が腐らないなんてこと、普通は無いでしょう。

これは後から調べたことですけどね、人の死体が腐らないっていうのは、宗教的にかなりおっきな意味があるんですよ。キリスト教なんかでは特に。だから私は、何の罪も無く殺された女房を哀れんで、神様がそういう風に情けを掛けてくれたんじゃないかと思ったんですね。……女房がそうまで良い人間かって言われたら、ちょいと疑問に思うところではありますけども。

なんか知ったかぶった奴が「屍蠟《しろう》になったんじゃないか」って雑なこと言い出してね。実際は屍蠟なんてものより、よっぽど上等な状態になったわけでしょう。ね、本当にびっくりしちゃいましたよ。

ともあれ、女房が最初の一人だったことは確信してるんですわな。

十日ほど経ってやあーっと、火葬場が使えるようになって。でも、女房はまるで昨日死んだみたいに綺麗なまんまでした。少しも劣化した様子が無い。流石《さすが》に不気味でしたけど、もう理由が分からないもんだから、悩んでいるよりさっさと燃しちゃおうってことになってね。

でもね、知っての通りですよ。……女房は燃えなかった。

炉に入れて一時間くらいして、何かがおかしいなってみんな騒ぎ出して。火を消して中を確認すると、そこには全く焼けていない女房の死体があった。もうね、綺麗なもんです。焦げることもなくてね。炉からまるで煙が出ないもんだから、おかしいなとは思ってたんですよ……。

それで、女房がバケモンになったんだと思いまして、私もうすっかり動転してしまいましてね。いやあ、お恥ずかしい話ですが。錯乱してあること無いこと口走っちゃいまして。だって、未練を残した女房が、この世にしがみついてるみたいじゃないですか……。

そして、私らも例に漏れず警察に通報しました。そうしたら、二、三日もしないうちに同じような現象が起こってるって報道があったでしょう。対処に追われてるって。女房の死体は、警察病院の方へ運ばれて行きました。女房とはそれっきりです。葬送船に乗って……どこに行ったかは分かりません。

……や、まあ……他にも同時期に死んだ人間はいるわけですし。でも、便宜上最初ってことにしてもいいんじゃないですかね。台風によるアレで分かったってのも語りやすいですし。このエピソードにインパクトがあったからこそ、色んなところで菊宮めり乃の名前が『最初』って広まるようになったわけでしょう。

女房はね、生きている間は世間様の目をやたらと気にする女でした。そんなことしたら世間様がどう思うかとか、世間様に後ろ指を指されてしまうとか、世間様に申し訳が立たないとか。それで、私が何かしようってすると、決まって止めるんですよ。……いやあ、あれには辟易《へきえき》しました。

嬉しいんじゃないですかね、女房も。貴重なサンプルとしてあれこれ晒《さら》されることでね、今や充分に世間様の役に立ってますよ。世間様に褒めそやされて、喜んでますよ。

ともあれ、そうして世界が変わったわけですね。いやはや、あの時はこんなことになるとは……。ねえ、こんな現象が起きたってことは、やっぱりあの世って無いんですかね。いや、むしろだからこそ在るんですかね。

話はこれで以上です。もっと詳しく聞きたい場合は、もう少し報酬を頂かないと。こちらも貴重な時間を割いているわけですから。

台風は女房が殺された辺りから来始めてた？　既に交通の便はよくなかった？　ああー、そういう話ね。はあ、そういう。……そういう捏造《ねつぞう》めいた記事で耳目を集めようとしてるの、正直品性を疑いますよ。……犯人はまだ捕まってませんね。早く捕まって、女房が安心して眠れるようになってほしいものです。はい。

■叶谷仁成の供述

死体が腐らなくなる現象は瞬く間に広がった。最初に観測されたのは日本だったが、それ以外の国でも続々と事例が出てきた。最初は腐らない献体を集めて研究を進めようって話になったが、すぐにみんな、献体なんか息せき切って集めなくてもいいもんだって気がついた。

死体は腐らない上に焼けなかった。おまけに、メスすら入らなくなった。死んだ時の傷は残ってるってのに、死んでからは本当に何をやろうと歯が立たなくなった。本当の意味での不滅だ。ありとあらゆる実験がなされたが、本当にどんなことをしても、死体に傷一つつけられなかったんだよな。

で、あんまりにもどうにもなんなかったから、人間は早々に諦めさせられることになった。死体は腐んなくなって、焼くことも出来なくなって、じゃあ処理しないとなってことになった。強制的に土葬に移行させられて万事解決……ってなったわけでもない。

何せ、死体は時間にも勝った。死体は土に還らず骨にならない。半永久的に地中のその場所を占領し続ける。狭いこの国じゃ土葬が出来る土地だって限られてんのに、これから無限に増え続ける死者を収容出来る場所なんかない。『溢れる』恐怖にはすぐに思い至った。誰もが想像出来る恐怖だ。

けど、どうにもならなかったよな。墓の値段はどんどん上がってった。何しろ、その場所が空くことは未来永劫無いんだ。地中深く縦穴を掘ってそこに埋葬する方法も考えられたが……地盤が緩くなるから出来る場所は限られてるし、何よりそんなゴミみたいに穴に投げ込まれるってのは、あんまり受け容れらんないよな。けど、すぐにそうしなくちゃなんなくなるって、誰も彼もが分かってた。弔《とむら》いなんてことを言ってられなくなる時代が来るんだって。

その頃、始まったのが葬送船制度だ。

この国じゃ死体を置いとく場所が無い。なら、宇宙船に乗っけてどっかに飛ばせばいい。結構ぶっ飛んだ話だよな。俺はドラえもんのあの回を思い出したよ。のび太が倍々ゲームで増えてく饅頭《まんじゆう》を宇宙に送る回。死体の増え方も似たようなもんだしな。

宇宙船に不滅の遺体を乗せて、宇宙に送る。そんなんが定着するなんて思わなかったよ。

多分、噛み合ったんだろうな。民間の宇宙旅行が身近になって宇宙港が開かれて——宇宙船の建造がぼんぼん行われたタイミングでな。『溢れ』への恐怖から、国もバンバン推進してってな。最初は反発もあったけど、徐々に収まってったな。それは、自宅にいつまでも死体を置いておくことへの疲れと、葬送船があくまで安置の場に死体を送るって建て付けだったことへの安心の為せる業《わざ》だったんだろうな。

打ち上げられた葬送船は棺の代わりになる。ああ、形は変わったけどおんなじことやってんだなって感覚が安心させたんだろうな。俺も同じこと思ったよ。

で、葬送船はすんなり受け容れられた。葬送船は燃料が切れるまで飛び続けて宇宙に遺棄されるわけだが……今んとこ宇宙がいっぱいになる心配もないしな。それからはもう急ピッチで大型葬送船の建造が進んで……もう民間の宇宙旅行は全面的に禁止、葬送船ばっかが打ち上げられるようになった。

あの時の熱狂って何だったんだろうな。見上げればいつもそこに大切な人が、的なキャッチコピーが出来て……どの方向に自分の家族を送るかで妙に盛り上がってな。なんか、むしろ不滅現象が良いことみたいに。外国にも偉そうに喧伝してたよな。ロマンチックだとかなんとかで。

メジャーな天体に葬送船を送ろうって話も出てきてたな。それこそ、月とか太陽だとか。けど、そういうところに勝手に死体を送り込むのは問題だって世界中からバッシング喰らってな。でも、大真面目に考えられてたんだよ。太陽の反射熱に負けないくらいの宇宙船を建造して、どうにか着いたと同時に宇宙船がバッて燃えて、死体だけがそこに残る。

太陽でも死体が焼けないかどうかは気になるよな。俺は太陽に家族を送りたいと思ったことはないけどな。あそこはなんだか、地獄めいてるだろ、流石に。

でもまあ、今ですら葬送船に乗れる死者は限られてる。地上の墓は馬鹿みたいに高い。宇宙の墓はそれなりに高い。じゃあ、どっちにも手が届かない普通の人間はどうすりゃいいんだっていうな。

その間にも日々人は死んでって、まるで悪趣味なチキンレースみたいだった。ブレイクスルーは果たしてても、今とじゃやっぱり宇宙船の建造スピードが比になんないしな。

ああして空を見上げながら、誰も彼もが死んだ家族を家に置いてた時期があったんだよな。今でいう『自宅安置』が当たり前だったんだよ。俺も自宅安置者だった。

法令で禁止される前だから──少なくとも四、五年はやってたな。

あの頃は、自宅にいつまででも近親者の死体を安置しておいてよかった。それを許可する為の部署なんかも役所に出来たりしてな。今じゃ信じらんないだろうが、黎明期にはそういう時代もあったんだぜ。今じゃ罪になるんだから……。世の中ってのは目まぐるしい速度で変わっていくよな。十五年前から、どれだけのことが変わったろうな。自宅安置を認め続けろって一派もその時からいたし、デモなんかも沢山やってた気がするが……結局は安置禁止が強行されたな。まあ、自宅にいつまでも死んだ人間を置いておくってのは、あんまり褒められたことじゃなかったんだろう。

俺が安置してたのは妻だ。

千鶏《ちどり》って名前でな。一つ年上のいい女だったが、不滅現象が起こる前から闘病を続けて、結局、現象が起こり始めて二年くらい経った頃に死んだ。色々手は尽くしたんだが治らないってことでな。最後は緩和治療だけ受けてたよ。

千鶏が死ぬ前から、どこに千鶏を送るかってのは色々話し合ったんだわ。俺が仕事一辺倒だったってのもあって、金が無いわけじゃなかったからな。地上は無理だろうが葬送船に乗せるくらいの金はあった。千鶏はあんまこだわり無いみたいだったけどな。別に宇宙にゃ興味無かったわけだ。このご時世、宇宙に関わらずに死ねる人間なんて殆《ほとん》どいないってのに。

で、いざ千鶏を亡くして——俺はずっと自宅の寝室に千鶏を寝かせ続けた。

別に千鶏の死体に執着が強いわけじゃなかったが、考えあぐねたんだよな。結局、どこらへんに行くかを決めないまま千鶏は死んじまったし。俺一人で色々カタログを見たところで、自分の嫁さんを送るに相応《ふさわ》しい星なんかそうそう決めらんないだろ。俺は結婚指輪も式場も、千鶏に言われて決めたんだ。いつか適当な行き先が決まったら、千鶏を葬送船に乗せようとは思っていた。

誰にも言ってなかったし、俺が千鶏を安置してることは誰も知らなかったんじゃないかと思う。山崎くらいは察してたか？　まあ、酔った勢いで話したかもしれないな。とはいえ、わざわざ話すようなもんでもないしな。今だから言える話だが、千鶏が自宅の中にいるってのはなかなか悪くなかった。千鶏はいつまでも変わらないしな。眠ってる時にスッと逝ったから、本当に寝てるみたいなんだよ。家帰って寝室覗くと、帰りの遅い俺を待ちくたびれて一人で寝てる千鶏がいるような感じがしてな。だから、俺は千鶏が死んだ後もそんなに……悲しみが長引かなかった。現場にもすぐ復帰出来たしな。

こんなことを言うと、安置派だと思われて余計な文脈が乗りそうだから、あんまり言わない方がいいのかもしれないけどな。この話を聞いて薄々安置派の良さに気づいて転ぶ奴らもいそうだ。俺は本当に好き勝手喋ってるからな。あんまり気にしないでほしい。なんてったって、これはテロリストの発言なんだから。

今はもう、家に千鶏はいない。彼女は葬送船に乗った。

適当な場所が見つかったってわけじゃない。俺は千鶏のことをまるで考えずにこの決断をした。俺は自分が正しいと思っていた。だから、千鶏のことを利用することに決めたんだ。

しばらく経って、法令が変わったことで、俺はある事件に関わることになった。葬送時代における最大といっていい犯罪だよ。葬送船偽装だ。

発端は国が出した自宅安置禁止法だったんだよな。全ての死者は四十九日を迎えたら速やかに葬送船業者に依頼して、死体を打ち上げなくちゃならないって法律だ。

まあ、あれが出た理由も分かる。自宅安置された死体と一緒に暮らしてる住人が死んだ場合、その世帯には死体が二つ転がるわけだ。

それを繰り返してると、膨大な量の『不良債権』が生まれるんだよ。一世帯一世帯は小さな問題でも、いずれは国が自宅安置された死体を回収に向かわなくちゃならなくなる。死体は土に還らない。いずれどうにか処理しなくちゃならなくなる。だったら、個人に後始末してもらった方が話が早い。この時点で既に発覚が遅れに遅れた孤独死死体の回収で国はてんやわんやになってたんだからな。

勿論さっき言った通り反発はあったが、国がこうって決めたもんが覆《くつがえ》ることなんてそうそう無いからな。全ての安置死体は家の中から引きずり出されることになった。千鶏もその一人だったよ。ただし、法令が施行されるまでには猶予があったから、四十九日よりはもう少し長く俺は千鶏と一緒にいられたんだが。

で、安置死体が一気に放出されることになったから、当然葬送船の需要が一気に増えた。必要とされた時の技術の進歩ってめざましいよな。

この頃、既に葬送船は多種多様なものが比較的安価で生産されるようになっていた。数百人単位の死体を乗せて飛ばせるような大きなものとか、あるいは金持ちの道楽として製作された一人用の葬送船とか。ここらへんのやりようは素直に凄いと思う。

だけどな、いくら宇宙船が安くなったって、安く出来ないもんがあった。今もなお、価値が高まり続けてるもんだ。

土地だよ。宇宙船は大量に建造出来たが、それを打ち上げる為の発着場――宇宙港がこの国には絶対的に足りてなかった。どれだけ葬送船があろうと、一日に打ち上げられる数は決まってる。それで、渋滞が起きた。

前々から、金がかかるのは葬送船本体じゃなくてこの『順番』の方だった。それこそ、明確に目的方向が定まっていて、そこに安定して送り込める葬送船を打ち上げるには、ちゃんとした宇宙港が必要だった。

で、余計に葬送船の値段は高騰した。太陽なんざに行くのは本当に無理になったな。行けるのはごくごく一部の金持ちだけ。太陽系内の星に突っ込ませるにしても、そんなしっかりとした葬送船を打ち上げるには金がかかる。なのに法令では自宅安置が禁じられてる。困ったもんだよな。

金の無い人間が選べる選択肢は、国が掘った縦穴に死体を託すことだけだった。

今でもそうだが、この縦穴は人気が無い。

何しろ、極限までコストを下げてるからな。地盤に影響を与えない程度に細くて狭くて深い穴に、詰め込めるだけ死体を詰めて蓋をするだけなんだから。ぎゅうぎゅうに人間が詰め込まれてる様は、さながら地獄めいてるよな。どんな人間でも金が無ければ須《すべから》く地獄に堕ちるべしって言われてるみたいだよ。でも、そうするしかないんだよな。他にも、コンテナに詰め込まれて海底に遺棄するとか、『詰め込み』のバリエーション自体は色々あった。

けど、駄目だ。ああして物みたいに詰め込まれてるのと、俺らが信じるところの「安らかな眠り」がどうしても噛み合わない。頭と足の位置が対偶《たいぐう》になってる状態で穏やかに眠れると思うか？自分の大切な人間が単なるモノになってほしくない、その気持ちが最効率の手段を選ばせない。棺の中で安らかに眠らせてやれないなら、たとえ見知らぬ星だろうが、そこに着陸させてやりたい。あくまでこれは埋葬の一環なんだって言いたいんだよな。

だから、俺たちは色々なものに喘ぎながらも葬送船を送り出そうとする。

……ああ、国用の縦穴を使うこと自体に異議は唱えてない。仕方ないことだとは思ってる。今のは侮辱する意図は無いんだ。

縦穴送りになる人間の数は、年間二五〇万人以上にも上る。

俺は自分が死んだら縦穴に投げ込まれても構わない人間だが、千鶏の話となるとそうはいかなかった。千鶏が他の人間の足を頭にくっつけながら永遠に穴の中に閉じ込められるところなんか、あんまり想像したくもないもんな。千鶏はちゃんと手足の伸ばせる場所に寝かせてやりたい。そう思っていた。金のない人間が選択肢を奪われることについては苦々しく思ってたよ。

そういう人間の思いにつけこんだ犯罪だったんだよな。葬送船偽装は。

ちゃんとした葬送船は——大型発着場を使えるものは、限られている。一般市民にはキツい額のものだ。

だが、この時になって急に——手の届く額で葬送船が出せる、という触れ込みで商売をする業者が出てきた。発着場は明らかに足りてなくて順番待ちだって言われてるのに、独自の交渉とルートによって安価な打ち上げを実現させることが出来たって主張する企業がな。それも、一つだけじゃない。いくつもだ。

当然ながら、みんなそれに飛びついた。というか、飛びつかざるを得なかった。縦穴送りにはしたくないが、高額な費用は払えないって層が。

一気にシェアトップに躍り出たあたり、死体を抱えた奴らがどれだけ困ってたか想像がつくだろう。最初は、何かしら上手いことやってるんだろうってみんな思ってたもんだが……そいつらが安定したサービスを提供し続けるのを見て、不審に思う人間も出てきた。なんで明らかに打ち上げ量が足りてないってのに、こいつらは安価で死体を引き取れるんだ？　ってな。

正直な話、葬送船ってのはブラックボックスの多い仕事だよな。遺族は最後のお別れを済ませて、業者に死体を引き渡す。で、打ち上げの時に祈りを捧げたり……プランによっては宇宙港で発射を見守る。けど、果たしてそこに本当に死体が乗ってるかなんて分からないわけだ。

一部の疑り深い人間達がどう思ったかは分かるだろ？　もしかして、こういったリーズナブルな業者は何かしらのズルをしてるんじゃないか？　今日打ち上げられたあの葬送船に自分の娘が乗っているというのは嘘なんじゃないか？　本当は打ち上げなんか行ってないのでは？　ってわけだ。

これが葬送船偽装疑惑だよ。そうした企業は打ち上げなんか行わず、倉庫なんかに死体を安置し続けているのではないか——もっと悪い想像をするなら、国みたいにどっかの土地に掘った縦穴やらに詰め込んでんじゃないかって、そう思われた。

前者はいずれパンクするからな、あんまり現実的な話でもなかった。だが後者は……むしろ、そうとしか考えられなかった部分があった。

どうせ毎日アホみたいな量の葬送船が打ち上げられているんだから、空を見上げられようとバレる心配は無い。割安な金を取って適当な場所に詰め込んじまえば、マージンで稼げる。

考えれば考えるほど「そう」としか考えられなかったんだよな。疑いの声は日々大きくなった。不安だよな。格安で太陽系内の星に送られたはずの大切な人が、瓶詰めの地獄に送り込まれてるかもしんないんだから。

だから、調査をしなくちゃならなくなった。これが本当なら、かなり大規模な犯罪だ。人間の尊厳がかかった事件だもんな。

俺が所属してた公安が目をつけたのは、株式会社・サイフォズムだった。これは比較的新しく出来た会社で、リーズナブルな葬送船をいち早く掲げた企業だ。その会社の運営する第五宇宙港では確かに打ち上げが行われていたが、引き受け人数に対して明らかに少ない。こいつはクロだと俺も思ったよ。だから、手始めにこの第五宇宙港から調査を始めることにした。

打ち上げ数もそうだが、何よりここの第五宇宙港にはきな臭いところがあった。第五宇宙港を取り仕切っているのは、鎹《かすがい》誠一《せいいち》っつう、とある科学者だったんだ。

別にどっかの企業の御曹司《おんぞうし》ってわけじゃなく、元々はとある大学に勤務していた男が。科学についてはよく分からんが、宇宙港の工事に内勤の科学者が出入りする状況ってのは怪しかった。安易な考えだが、こうして葬送船偽装を行うにあたって、専門的な知識が要るってことなのかもしれんと思った。

そうして、俺は依頼人の一人として第五宇宙港に——そして、鋑誠一に、接触することになった。疑われるとは全く思わなかったな。何しろ、俺の家には早々に処分するよう命じられている千鶏の死体があったんだから。

千鶏の写真を撮って、俺は第五宇宙港にアポ取って行ったよ。担当者は若い女だった。それだけで、真っ当な葬送船を出すんじゃないかって思わせるような相手だった。

「やはりちゃんと弔いたいなと思いまして。ここなら、予算内で太陽系内の星に妻を葬送することが出来ると聞きました」

俺はそう言って担当者の女を見つめた。

そうしたらさ、その彼女、泣いたんだよ。え、いや仕事で葬送船出してんだから、一々泣くことないだろって思ってたら、その子がまだ新人だって言うんだな。

なるほど、そりゃまだ慣れてないわって思って、なんか居心地悪く見てたんだわ。たとえ第五宇宙港が不正をやってたとして、こんなコーディネーターの姉ちゃんにまで実態を明かしてるなんて思えないしな。

「比較的新しく発見された星で、トキツドリと名付けられたものがあるんです。これを目指しませんか」

泣き止んだ彼女がカタログ片手に、一つの星を見せてくれた。地球からじゃまともに見るのも難しいけど、まあ千鶏の名前に掛けて薦めてくれたんだろうってのが分かったからな。というか、この価格帯で乗せられるってだけで御の字だ。

「本当にこれで妻を葬送船に乗せられるんですか」

「はい。私達に任せてください。全ての人に葬送を、というのが第五宇宙港の方針です。お任せください」

担当者の女は笑顔で言った。

こうして、俺は千鶏を預けることにした。

千鶏は棺に収められ、第五宇宙港に運ばれて行った。

その体内に、食道から入れたＧＰＳを宿しながら。


不滅の身体以上に容れ物に適したものもなかった。

もし千鶏がどこかに遺棄されたりしたら分かるようにだ。あるいはずっと倉庫に眠らされている状態なのに「葬送船が飛びました」と嘘を吐《つ》かれたら分かるようにだ。

千鶏の動向を探りながら、俺達は鋑誠一のことも調査していた。

何かしらきな臭い行動を起こすんじゃないかと見張ってたが、鋑の行動は至って真面目そのものだった。鋑が行くところといえばサイフォズムが所有している研究所と自宅、それに——ここ、クレイドルー宇宙港の建設予定地くらいのものだった。

クレイドルー宇宙港は、その当時既に建設が発表されていた。埋め立てによって作った約一五〇〇ヘクタールの広大な人工島に建造する、国内でも有数の巨大宇宙港ってことでな。規模の大きさにも面食らったが、何より驚いたのはその建設予定年数だった。

葬送船がまるで間に合っていない現状を鑑みて、クレイドルー宇宙港は五年以内の完成を宣言していた。大きく出たもんだよな。これは散々ニュースにもなったから、知ってる人間も多いだろう。サイフォズムは葬送船偽装で儲けた金でクレイドルー宇宙港を開こうとしてるって言われてたりもしたな。あるいは、クレイドルー宇宙港の開港を見込んで、薄利多売の営業を続けてるっていう人間も。

鋑誠一自体に怪しいところは無かったが、クレイドルー宇宙港周りの人間にはあれこれ不自然なところが見つかった。脱税で何回かやられてる実業家が出資してたり、工事を担当してる業者が他の企業との仕事を全部切ったりな。

その上、クレイドルー宇宙港の建設自体にも暗雲が立ちこめてた。人工島を作る為には土砂が必要だが、その土砂の調達がなんともトロ臭くて段取りが悪い。デカい山を切り崩して一気に土砂を集めるっていうのが自然保護の観点からNGにされると、方々からちまちま土砂を集めるしかなくなって困るんだよな。

そんな作業ペースを見て、経済界の連中は掌を返したようにクレイドルー宇宙港の五カ年計画をバッシングするようになった。こんなんじゃとても完成するはずがないってな。俺も、クレイドルー宇宙港ってのは出資者から金をせしめる為の大嘘なんじゃないかって思ったくらいだ。

作業の半ばから、クレイドルー宇宙港の建設予定地には繭《まゆ》みたいなでっかい覆いが掛けられるようになった。宇宙港の建設よりそのデカすぎる覆いの方が費用が嵩《かさ》むんじゃないか……って思われるようなやつだ。そこで、いよいよクレイドルー宇宙港建設も、第五宇宙港そのものもインチキなんじゃないかって思うようになってきた。

ＧＰＳを入れられたまま鳥の名前の星に送られるはずの千鶏は未だに第五宇宙港の待機施設で発射を待ってたしな。第五宇宙港から飛び立つ葬送船の数と、受けた葬送依頼の件数は明らかに釣り合ってなかった。それでも、引き受けた死体はどっかに消えちまうから、誰も本当のことを知ることが出来なかった。証拠さえあれば、確実に葬送船偽装——ここまでくると、どっかの山の中に適当に埋めちまってるんじゃないかとすら思っていた——で上げられるって気分になってたくらいなのにな。

俺は、千鶏が飛び立つ日なんて一生来ないだろうって思うようになってきた。それを思って、俺はなんか……妙に心が安らいだのを覚えてるよ。

そうした疑惑の中で、鋖誠一はさっき言った三つの場所を回遊魚みたいにぐるぐる回り続けてた。何の手続きもせずにゴミみたいに遺棄された死体が道路に転がるようになっても、鋖誠一は変わらなかった。クレイドルーの繭の中に吸い込まれていく鋖誠一を見つめるだけの日々が続いた。

あの虚仮威しの繭の中で、鋖誠一は何をしてるんだろうなって幾度となく考えた。俺の中で鋖誠一は単なる詐欺師でしかなかったが、詐欺師って断じるには、その姿はストイックすぎた。求道者に見えた。だから、鋖誠一がトンズラこくだなんて思えなくなってきたんだな。

いつだったか、クレイドルー宇宙港を出た鋖誠一が、振り返ってぼんやりと繭を眺めていたことがあった。あの横顔を見た時、何がどうなってあいつはそんな顔をするんだろうって、真面目に考えちまったくらいだ。

クレイドルー宇宙港の建設が発表されてから二年ほど経って、千鶏の方に動きがあった。GPS反応が消えたんだ。

あまりに突然のことだった。俺は動揺して、何かしらのトラブルを想像した。それと入れ替わりで、第五宇宙港の人間から連絡がきた。

「叶谷千鶏さんを乗せた葬送船が飛び立つことになりました」

当然、俺は指定された宇宙港に向かった。トキッドリ方向に向かうという葬送船は、当惑する俺を余所に飛び立っていった。本当にトキッドリに向かうのか、そもそもあの葬送船に千鶏の席はあったのか、何故このタイミングでGPSが壊れたのか、全く分からなかった。捜査開始から二年が経っても、第五宇宙港が何をしているかの尻尾を摑むことが出来ず、そろそろ捜査打ち切りの話も出ていた矢先の出来事だった。

千鶏はトキッドリに向かったのだと思う自分と、それを信じられない自分の間で俺は揺れた。

俺に一線を踏み外させたのは、鋑誠一だった。

葬送船を見送った俺の前に、突然鋑誠一が現れたのだ。

勿論、ここは奴の職場だ。いても当然だ。だが、俺はあまりの衝撃で動けなくなった。そんな俺を見て、鋑は何を思ったかゆっくりと近づいてきた。そして。

「おつかれさまでした。ありがとうございました」

と言った。

普通に考えれば、葬送船の見送りに対する労《ねぎら》いだろうし、第五宇宙港を利用してくれたことへの礼だと解釈しただろう。だが、鋑の彼方を見つめているような目と、あくまで一本調子の声が、俺の心を強烈にざわめかせた。

　こいつは別の軸で話をしている、と思ったのだ。

「ありがとうございます。妻も……千鶏も喜んでいるはずです」

「そうですか。ありがとうございます」

鋑はそう言って、再び頭を下げた。あまりコミュニケーションが得意じゃない人間が顧客に話しかけて失敗したと思ったんだろうな。職員達が慌てて鋑を引っ張っていったよ。

……………ああ、それで……そうだな。

俺は公安を辞めることにした。捜査終了を言い渡されるのが嫌だったからだ。

俺は鋑の奴から千鶏を取り戻すと決めた。何が起こっているのかは分からないが、千鶏は絶対に弔われてなんかないと直感した。鋑誠一は何かをやろうとしている——いや、やったのだ。俺は千鶏を探してやらなければ。そうして彼女を取り戻した暁には、もう自宅から出さないと決めた。

　この現象は、生きている人間が愛する人間と離れない為に起きた奇跡なんだ、って思ったよ。馬鹿げてるように聞こえるかもしれないが、本気で。

　公安を辞めた俺は、ありとあらゆる手段で第五宇宙港とクレイドルー宇宙港について調べた。そうしている内に、予想も付かないことが起きた——クレイドルー宇宙港が完成したのだ。

　覆いを取り払われたクレイドルー宇宙港は、確かに立派な宇宙港だった。誰もが完成しないと予想していたはずのものは、宣言通り四年八ヶ月で完成に至った。

　そこから先はサイフォズムの株価もうなぎ登りだ。明らかに無理だと思われていたっていうのに、人工島は完成した。人手も材料も足りてなかったはずなのに、と訝《いぶか》しがられることもあったが、完成したということは問題無いんだろうってことになった。疑ってたことなんか、みんな忘れるしな。

　クレイドルー宇宙港が完成してからは、葬送船の打ち上げ本数も増えて、ある意味で第五宇宙港の薄利多売のやり口と帳尻が合うようになった。サイフォズムはこれからも人工島の建設、新たな宇宙港の建造に意欲的だっていうしな、驚くくらいの優良企業だ。

　俺は——世論がそんな風に変わっても、未だに諦めていなかった。同じように第五宇宙港に疑念を抱く人間と協力し、妄執的に真実を追った。俺は、千鶏が本当はどこにいるのかを知りたかったんだ。

　そして、半年前にようやく見つけたんだ。

　千鶏は鳥の名の付く星になんかいなかった。

　ずっとここにいたんだ。

　ここだよ、ここ。クレイドルー宇宙港——人工島の土台の中に。

■佐野舞の供述（あるいは、あの時の叶谷仁成の話）

　知りませんでした。本当です。私みたいな末端の人間に尋ねられても……。何も答えられません。だって……想像出来ますか？　私達が今立っている島が、遺体で出来た島だなんて。……こわいですよ。気味が悪いですし。一体、何万人の遺体が——。

……叶谷さ、……叶谷容疑者が……あの後、小規模な爆発を起こしたでしょう。そして、削れたところから……すいません、あれが映った時、私、画面の前で卒倒しちゃって。……あの人の妄想だったらどんなによかったか……。

何も言えることはないです。知らなかったし、未だに信じられないです。

……ええ、はい。叶谷さんを担当したのは私です。あの時まだ入って二週間とかで……凄く緊張しました。

でも……私なんかよりも、叶谷さんの方がずっと緊張しているように見えましたし、それに——

……わかりません。どう表現していいのか。

泣いたのは本当です。叶谷さんが奥さんとの思い出をね、本当に淡々と語るんです。それを聞いたら、なんだか涙が出てきてしまって。

行かせてあげたかったです。千鶏さんを、トキツドリに。

■叶谷仁成の供述

今の爆発は第二発射台近くに仕掛けておいた爆薬によるものだ。中継で映っている通り、穴の奥に人間の手のようなものが見えるだろう。……第二発射台が使えなくなるほどの爆発なのに、素材になっているものが露わにならない程度だっていうのは誤算だったな。それでも、これで俺の言っていることが単なる妄言じゃないってことが分かっただろう。

クレイドルー宇宙港は大切な人間の死体を利用して作られている。弔いたいと願った人間の思いを踏み躙《にじ》って出来たものだ。そんな場所が許されていいはずがない。

俺は……俺は、千鶏を冷たい海の底に閉じ込めたいわけじゃなかった。捜査の為に利用したが、こんなことになるだなんて想像も……。

千鶏を縦穴に送りたくなかった。あんな風に、まともに眠れもしないような地獄に送り込みたくはなかった。なのに、ここはそれより酷い。千鶏は建材の中に閉じ込められて、今もここで苦しんでるんだ。永遠に苦しみ続けるだろう。

俺は千鶏を弔わなくちゃならないんだ。ここにどれだけの人間が使われてるかは知らないが、その内の一人は確実に千鶏なんだ。

……錗、お前もこの中継を見ているだろう。どうしてこんなことが出来たんだ。お前にも大切な人間の一人や二人、いるんじゃないのか。お前の妻が、親が、娘が同じように地面に塗り込められるところを想像したことがあるのか。

お前は人間の尊厳を踏み躙っている。誰かの大切な人間が、こんな目に遭っていいはずがないだろう……。第五宇宙港に遺体を託した人々は、彼らが空に旅立ったと思って、空を見上げていたんだ……。

分かっている。クレイドルー宇宙港が無くなれば、葬送船の打ち上げ数は減るだろう。弔われる人間も減っていく。ここでクレイドルー宇宙港を失うわけにはいかない。……だが、俺は……。

もし……クレイドルー宇宙港が出来てくれれば、もっと早くに……こんなことになる前に、千鶏を弔えるようになっていたら……。

……俺の要求は一つだ。

クレイドルー宇宙港を許すかどうか、教えてほしい。

クレイドルー宇宙港のようなやり方を許していいのか。

その手で『投票』してほしい。

一時間後、結果が出て――もし、クレイドルー宇宙港への賛成票が過半数であった場合、俺はこの爆破を取りやめる。

だが、考えてみてほしい。

このコンクリートの下にいるのは、あなたの大切な人だったかもしれないのだ。いや、あなただったのかもしれないのだ。

誰かを犠牲にしてまで、後の人間を空に弔う必要があるのか。

俺はクレイドルー宇宙港を許せない。絶対に。

■ラム斉藤の供述（あるいは一配信者の死生観）

あと十五分も無いけどみんな投票した？　どうよ、あれ。

正直、叶谷は絶対許せないし、爆破を止める為に『賛成』に入れるしかないだろっていうのは分かってるんだけどさ。

クレイドルー宇宙港の真実、まずいだろあれ。

もし自分の家族とかがあんなことになってると思うと、もういてもたってもいらんなくない？

生理的に無理だわ。あんなん地獄みたいなもんじゃん。……職員全員避難してんだよね？　だったらいっそ、クレイドルー爆破して、中に居る人全員出した方がよくない？

あ、でもクレイドルーが使えなくなったら葬送船出せなくなるのか……それも困るな……。だってさ、クレイドルーが出来て、葬送船が飛ばせるようになったから、縦穴送りにされる人間は減ったわけじゃん。

みんなの意見も聞かせてよ。どう？　え、マジで？　死んだ後ならどうなってもいいって？　うわー、俺理解出来ないかも。だってこれって人の役に立ってるってレベルの話じゃないでしょ……ねえ？

でもさ、こういう投票って絶対警察が超技術で結果操作してさ、『賛成』過半数にするよね。爆破されたらヤバいし。叶谷がそれで止まるか分かんないけど。投票の結果に拘《かか》わらず普通に爆破する可能性もあるよな。

ていうか、不景気が悪いよな。葬送船高すぎるもん。最近ちょっとマシになってきたけど。あ、クレイドルーが出来たから安くなったのか。じゃ、どうなんだろな。ああして死体をパズルみたいに使ったお陰で、葬送船が飛べるんだもんな。

むずいな。そろそろ結果出るし、それ見てまた話すか。

人間死んだらどうなるんかな。死後の世界ってほんとにあると思う？　クレイドルーの地盤に埋められた人達、今あの世で何て言ってるんだろ。

早川書房の新刊案内

2023 3

〒101-0046 東京都千代田区神田多町2-2　電話03-3252-3

https://www.hayakawa-online.co.jp

● 表示の価格は税込価格て

eb と表記のある作品は電子書籍版も発売。Kindle/楽天 kobo/Reader™ Store ほかにて

＊発売日は地域によって変わる場合があります。　＊価格は変更になる場合がありま

『楽園とは探偵の不在なり』『恋に至る病』など
いま最も注目される作家、初のSF・奇想小説集

回　樹

斜線堂有紀

何をどうやったら、こんなアイデアが生まれるのか。

真実の愛を証明できる存在をめぐる、ありふれた愛の顛末を描く表題作、骨の表面に文字を刻む技術がもたらす特別な想い「骨刻」、人間の死体が腐らない世界のテロリストに関する証言集「不滅」、百年前の映画への鎮魂歌「ＢＴＴＦ葬送」他、書き下ろし含む全６篇

四六判上製　定価1760円［23日発売］ eb3月

第1回「日本の学生が選ぶゴンクール賞」受賞作

うけいれるには

クララ・デュポン＝モノ／松本百合子訳

フランスの地方に暮らす幸せな一家。ある日、第三子が重い障がいを抱えていることが分かった。長男はかいがいしくその子の世話に明け暮れるが、長女は彼の存在に徹底的に反発する。障がいのある子どもが誕生した家族の心の変化を、静謐な筆致で描く感動長篇。

四六判並製　定価1980円［絶賛発売中］ eb3月

この美しい湖水地方の農場を、
子供たちに残していけるだろうか

羊飼いの想い

――イギリス湖水地方のこれまでとこれから

ジェイムズ・リーバンクス／濱野大道訳

eb3月

暖かな陽の光、きらめく小川、鮮やかな緑に輝く牧場。持続可能な手法で羊たちを養い、豊かな土地と生活を子供たちへと継承するための方法を、今日も探し続ける。オックスフォード大卒の羊飼いがイギリス湖水地方の理想と現実を描く、『羊飼いの暮らし』続篇。

四六判上製　定価2750円［23日発売］

大学院生の日常を変えたひと夏の恋を見つめる、
ブッカー賞最終候補作

その輝きを僕は知らない

ブランドン・テイラー／関　麻衣子訳

eb3月

名門大学で生物化学の博士課程を目指す院生のウォレスは、南部出身の黒人でゲイ。ある夏、表向きはストレートの白人の同級生との出会いが、彼の中に眠っていた感情、痛み、渇きを呼び起こす。米国のミレニアル世代のリアルな葛藤を描く、ブッカー賞最終候補作

四六判並製　定価3630円［23日発売］

《黒猫》シリーズ3年ぶりの新作

ひと月前に大学へ長期休暇を申請して以来、

■鍐誠一の供述（あるいは、信念の記録）

私は鍐誠一という。クレイドルー宇宙港の設計に携わり、主任を務めていた。主にクレイドルー宇宙港の建つ人工島を作る際に指揮を執った。混同を防ぐ為、これより先は宇宙港のことを指す時はクレイドルー宇宙港、人工島を含めた全体を指す時はクレイドルーと称させて頂く。

クレイドルーの着想元は香港国際空港であった。キャパシティーを超える発着を行っていた啓徳空港の代わりとして建造された、人工島に建つ空港である。島自体はチェクラップコク島の山を削って土砂を作り、海域を埋め立てることによって作られている。大きさは実に一二四八ヘクタール。人工島の特徴は、建造日数が五年八ヶ月と極めて短いところであった。これは、香港返還に空港の建設を間に合わせなければならなかったからだと言われている。彼らには時間が無かったのだ。

同様に、私達にも時間が無かった。

人工島建造による宇宙港の建設自体は、前々から提唱されていたことであり、国を主導とした建造も構想されていた。だが、土砂を使った人工島建造には問題が多い。チェクラップコクのように土砂を削り出せる山を用意しなければならないし、削り出せたとしても山からの輸送の時間も考えなければならない。

加えて人工島には地盤沈下の問題がある。

人工島の建造において最も大きな障壁となるものは地盤沈下である。海底の粘土はそれ自体が水を多く含んでいる。その為、上に土砂を流し込むと土砂の重みによって含まれていた水が絞り出されて出て行ってしまうのだ。その結果海底の粘土が圧密し、地盤の沈下が起こる。粘土が水を排出し切って固まるまで沈下は止まらない。

だが、私達が直面する沈下は海底地盤だけではない。何故なら年月を経ていくにつれ、土砂自体も圧縮していくからだ。

この二重の圧密を考えた上で、人工島は作られなければならない。そうなると、圧密することを計算に入れて土砂を盛り、ある程度高さを持った地盤を作り出さなければならなくなるのだ。

たとえば、そんな状況下で土砂に替わる素材があったらどうなるだろうか。

それは、輸送が極めて容易なものである。

それは、経年劣化によって変質しないものである。

それは、臭気などの問題が発生しないものである。

それは、圧密によって水分が抜けることのないものである。

それは、新たに削り出さなくても構わないものである。

それは、地上にあって邪魔なものであり、海中にて有用なものである。

不滅現象に見舞われた遺体を使うというアイデアは、何も突飛なものでも、グロテスクな趣味に拠《よ》るものでもない。私達はそれの処理の為に頭を悩ませ、場所を探していたのだから。むしろその発想は自然なものだった。

遺体を用いてのクレイドルー建造にあたって、まず護岸の建設を行った。そして、ゴミを使った埋め立て地の工事のように、遺体を受け容れていく。ある程度まで埋まった段階で覆土処理を行い、更に上をコンクリートで整地した。

クレイドルーは三分の二が遺体による地盤で形成されているが、残りは土砂による通常の埋め立てを行っているので、そのエリアは将来的な地盤沈下が予測されている。だが、遺体を用いた堅牢な地盤に発着場を固め、地盤沈下の予想されるエリアには移動の容易な施設を置いている。

知っての通り、クレイドルーは成功した。四年八ヶ月という短い期間で開港出来たのは、偏《ひとえ》に遺体を活用した建造が行われたからである。クレイドルー宇宙港では、大型葬送船の打ち上げが日に四度行われている。規模でいえば、国内で二番目に大きい。

私は冷徹な合理主義者だと評されているが、私自身はそうではない、と考えている。冷徹で人の心が分からない合理主義者、などではない。私はただ、目の前の問題を解決することに必死だっただけだ。

繰り返すが、私達には時間が無い。アメリカなどとは違い、私達には広い国土が無い。そう簡単に打ち上げの場を作ることは出来ない。だが、人は日々死に続け、生まれ続ける。仮に『縦穴』式の埋葬を続けていったとしても、限界はある。数百年も経てば、死者で溢れる国は滅びる。だから、私達は最も未来ある選択をしたのだ。

宇宙港の新設は葬送船の安定した打ち上げに繋がる。今はまだ数値の面で死者が勝っているが、いずれは葬送船の打ち上げが死者の数を上回る。そうなれば、宇宙港を無闇に新設する必要も無くなる。その時までの処置で構わないのだ。これから数年の死者を活用することによって、これから数十年の死者を弔うことが出来る。ならば、クレイドルーのようなやり方が必要なのではないか。

ここまで私の考え――動機、を語ったが、ここから先は所感を話させてもらいたい。

何故、葬送船によって打ち上げるのは構わず、人工島の礎《いしずえ》にすることは許されないのか。クレイドルーの礎になった死者達が憐れなのであれば、縦穴に埋葬された人々も同じように憐れなのか。死者を焼き、土に埋めて踏みしめてきたことと、クレイドルーの例は何が違うのか。私はクレイドルーを作るにあたって、死者の霊には敬意を払ってきた。クレイドルーが完成した際は、改めてご住職を呼び秘密裏に弔ってもらった。

クレイドルーは何も間違ってはいない。クレイドルーこそが、私達に必要なものだったのだ。

当然ながら、ご遺族の方々へは申し訳無いことをしたと思っている。また、クレイドルーの地盤とする際に、遺体には保険として独自の殺菌処理を施した。叶谷千鶏氏の体内にあったというGPSが機能しなくなったのは、この殺菌処理によるものと考えられる。憤懣《ふんまん》やるかたなく納得がいかないという意見も重々承知している。だが、私は再三申し上げたい。私達には時間が無かった。私達とは、あなたのことでもある。私達はいずれ必ず死ぬ。

最後に、私個人の考えを述べさせて頂く。これは第五宇宙港およびクレイドルーとは一切関係の無い、私の考えである。

クレイドルーの件が公《おおやけ》になって以降、私は幾度となく「お前も土に埋められろ」「港として埋め立てられろ」と、強い語調で迫られてきた。その言い分からして、遺体が活用されることを罰と捉えている人が多いと感じたが、私に限ってはそうではない。むしろ、活用されることを喜ばしく思う。

私は輪廻転生を信じている。この身体はこの世で生きる為の仮宿に過ぎない。ならば、私達は何故それの処遇を気にしなければならないのだ？　魂を信じているのなら、どうして抜け殻に気を遣う？

■叶谷千鶏の供述（あるいは、遺される夫への最後の言葉）

じゃん。実はスタンドを買ってもらったのは、これがやりたいからなのでした。なんか、改めてカメラを買ってっていうのはちょっと……あまりにかしこまり過ぎてるかなって思って、こういう形にしました。これ、本当に……私がいなくなったら、お兄ちゃんに言って仁成に送ってもらおうと思うから、観れないってことはないと思う。

えー、なんか緊張するね。時刻は午後三時二十六分。まだ仁成は仕事中かな？　仕事が終わった後、毎日来てくれてありがとう。負担かもしれないなーって思ってるけど、嬉しいから止められません。入院生活にそのくらいの楽しみがあってもいいよね。なんというか、理由はどうあれ一緒にいられる時間が長いのは嬉しいです。

天気は晴れ。今日も葬送船が空をまっすぐに飛んでいくのが見えます。すっかりこの光景にも慣れたよね。宇宙旅行は未だにそこまで身近じゃないのに、宇宙船だけはこんなに身近になるなんてね。

あ、そうだ。私が生きている間は、多分冷静に話せないだろうことを先に言っておくからね。この話すると悲しくなるし揉めるしで、まともに話せなかったから、言い逃げさせてもらう。

私が死んでも、そんなに遠くに飛ばさなくていいから。ていうかメジャーなところにも飛ばさなくていい。いや、お墓買う費用を考えたら大して変わらないのかもしれないけどさ……。

でも、お墓は何年も参れるわけじゃん。となると、めちゃくちゃ長生きした仁成が私の墓に四、五十年参るとして、お墓のお金は四、五十分割されるわけで……。でも、葬送船は一回で、見送れるのもたった一回でしょ。太陽に突っ込ませる葬送船が人気な理由が分かったよ……なんとなく、一緒にいられる気がするもんね。

だからって、地球で見えるメジャーな星に人を送り込める葬送船なんて、普通の一般市民には手が届かないでしょ。となると、本気で頑張って頑張って……ギリギリ見えるかどうかっていう数多の星に私を何とか送るしかないはず。

それって、なんかどうなのかなって思うんだよね。人間の身体が腐らなくなった以上、どうするわけにもいかないんだけどさ……。

あ、安置は考えてないんだ。別に四十九日は置いておいてくれていいけど……その先は……ね？　流石に死んだ私を置いておくのはさ。どうかと思うんだよね。

こんなこと言うとさ……また喧嘩になるだろうから、これも言い逃げ。仁成、私が死んだら出来るだけ早く生活を立て直してほしいんだよね。私が病気になってから、どうしても優先順位が私になっちゃったでしょ？　それを、なるべく早く……戻してほしい。

あんまり言いたくないことだけどさ……私のせいで、お金、無いでしょ。もし私を葬送船に乗せるとしたら、数年切り詰めて切り詰めてどうにかするか、もしくは……仁成が相当な借金を背負うことになる。いつか安くなったらいいんだけどね。

私のお母さんにさ、貯金ならいっぱいあるから大丈夫って言ってたでしょ。それ聞いて、なんか……申し訳無いなって、思っちゃった。仁成が悪いわけじゃない。私の所為《せい》。病気になんかなっちゃってごめんね。仁成のこと、食い潰しちゃった。

だから、自由になってほしいの。ね、お願いだから。

不滅現象が起こってから、一番問題なのって場所とかの問題じゃなくてさ、人がいつまでもいなくなってくれないことだと思うのね。

死体が遺るから、その人がまだ生きてるみたいに思っちゃうんだよ。

それがさ……あんまりよくないだろうって。安置派が多いのも、葬送船のお金が出せないとか、そういうのじゃなくて……手放せなくなるからだったんじゃないかなって。だから国も原則として安置を禁止しようって流れになってきてるし、宗教的な意味合いにおいてもどうとかって話になってきたでしょ。

本当は、手放させなくちゃいけないからだったんだよ。

……仁成が私のこと、放せなくなったら怖いよ。

何か理由があったら、仁成は動ける人だと思う。

でも、ここで止まっちゃうことも大いにあると思う。

立ち直るきっかけの為にも、私は仁成から離れるべきなんだ。

なんかさ、困っちゃうよね。多分今、過渡期だからさ。何かもっと別のやり方もあるような気がしない？　ただ宇宙に飛ばすんじゃなくて、私達が失われないが故に見つかる第三の道がさ。あと百年くらいしたら、なんか見つかりそうな気がするんだけどな。はは、私、もっと別の場所に行きたいかも。仁成は嫌だって言ってたけど、縦穴でも別にいいんだ。だって、地球は狭いんだもん。

ねえ、仁成。天国ってあると思う？　私って天国に行けるのかな。もし天国があるんだとしたら、天国はどこまで人間を捕まえにきてくれるんだろう。宇宙の果てに死体が飛んでいっても、天国は人間を受け入れてくれるのかな。死んだ時点で天国の門を叩くから、死体がどれだけ遠くに行っても関係無いかな。

だとしたら……私、やっぱり、ぎゅうぎゅうに詰め込まれてどっかに埋められちゃっても別にいいよ。ていうか満員電車とか慣れてるしね。私、スペース確保するの得意だし。

どんな状態になったってさ、私の魂は天国にいるから。五十年か……もっともっと長生きした仁成を、天国の門の前まで迎えに行くから。

星になんか辿り着けなくていい。きっと心は、ここにあるから。

■**山崎浩太の供述（あるいは、叶谷仁成について）**

叶谷さんはとてもいい上司でしたよ。あの人と一緒に働けたことは誇りに思ってます。出来ることなら叶谷さんが定年退職を迎えるまで、一緒に働きたいと思っていました。あの人が辞めた時はびっくりしましたけど……納得もしましたね。

職務上不適切であることは承知していますが、個人的に言わせてもらえるなら、叶谷さんが行ったことには意味があると考えています。ああして強硬手段に訴えることが不適切であると思っても、なお。僕達は考えなくちゃならなかった。死んだ人間を『使う』ことの是非について。

今なお多くの議論が交わされている問題ですし、そろそろ一旦の結論が出るでしょう。それでも、叶谷さんが事件を起こした時のあの投票——賛成と反対が綺麗に五分五分で分かれたあの投票は、重きを置かれるべきだと思うんです。

……叶谷さんはあの投票の結果を見ないで、狙撃されたんですよね。勿論、クレイドルー宇宙港が爆破されなかったことは幸いです。けれど、せめて叶谷さんはあの結果を見るべきだったんじゃないでしょうか。あとは、あの検証。地面が掘られて、実際に死体が出てきた時の中継。あれこそ、叶谷さんが……いや、見なくてよかったのかな。

あんな投票なんて呼びかけずに、さっさと爆破するべきだったんじゃないか、ってよく言われますよね。その所為で、叶谷さんは実は止めて欲しかったんじゃないかー、なんて言われてますけど……止めて欲しかった、とは必ずしも言えないと思います。

叶谷さんも迷っていたんだと思います。結局のところ、分かんないじゃないですか。何が正しいのかって。鋲が言っていたことも、全部は否定出来ない。問題を解決する為に一番適したやり方。それを阻《はば》んでいるのは、僕らの気持ちだけなんです。

……そういえば、叶谷さんの言葉にはところどころ嘘がありました。具体的に言うと、奥さんを亡くされてからのところですね。

すぐに復帰出来たなんて嘘ですよ。いや、仕事はちゃんとこなしていたと思いますが、心の方はまるで元になんか戻ってなかった。あの頃の叶谷さんは……死んだも同然でした。顔つきがね、全然違うんです。口数も少なくなりましたし、生気が無いんです。仕事ぶりも無茶で……、早く死にたがってるみたいでした。

飲みに誘ったりしても、叶谷さんは来ないんですよ。一回、強引に飲みに連れ出して話を聞こうとしたんですけど、でろでろに酔っ払ってるのに頻《しき》りに家に帰ろうとして。

理由を聞いたら「千鶏が待ってるから」って言うんですよ。それで、あー……叶谷さんって自宅安置してるんだって察したんですけどね。

正直、あんな様子見たら法律で禁止されても仕方ないなって思いましたよ。死体が家の中にあり続けるだけで、人間あそこまで引きずられておかしくなるんだって、怖くなりましたもん。死んだ人間は早く引き剝がさないといけないんです。そうしないと……手遅れになるんですよ。

国も安置死体の回収がどうとかって理由をつけてましたけど、本当はそうじゃないと思いますよ。いずれ国民全員がこうなるかもしれないってなったら、対策を講じようって思うじゃないですか。ほんと、国にしては迅速に出せた正解でしたね。

奥さんの死体を第五宇宙港に託して、それで不正を暴くんだって聞いた時、ちょっと安心しました。これで叶谷さんが死の国から帰ってこられるんだって思いましたもんね。第五宇宙港に探りを入れてる時の叶谷さんは、前の叶谷さんみたいでしたよ。

でも……本当は、奥さんの死体をこんな事件に巻き込むべきじゃなかったのかもしれませんね。奥さんはちゃんとした葬送船に乗せて、しっかり弔うべきだったんですよ。でも、叶谷さんには多分そんなお金が無くて……クレイドルーがあの時にあったら良かったんですけどね。皮肉なもんですよ。

奥さんの死体がどこに行ったか分からないってなって、叶谷さんはまた少しずつおかしくなっていきました。奥さんの死体を安置してた時とはまた違う壊れ方だったんですよ。もう、復讐の権化《ごんげ》って感じで。

叶谷さんにとっては、第五宇宙港が奥さんを奪った『死』そのものに見えてたのかもしれませんね。

……なんて言ったらいいか分かりませんよ。叶谷さんがあんなことをしなかったら、クレイドルー宇宙港の件は明らかにならなかった。知らない間にああいうことになってたら、そりゃやっぱり嫌ですよね。……じゃあ、叶谷さんはどうしたらよかったのかって……。

俺ですか。あー、答えづらいな。

実を言うと、俺は自分の死体が使われることになっても別にいいですよ。死んだ後のことですしね。でも、自分の子供とかの死体が使われるのはちょっと嫌だなって思いますね。かつてあったドナー制度に近いものを感じますよ、これ。

今はとにかく、全部が良い方向に向かうのと、叶谷さんが安らかに眠れることを祈ってます。

■眞野文香の供述（あるいは、小学三年生初めて死を知る）

今日はとても怖いことがあった。

人間はみんな死んでしまうのだと、お隣の榮美ちゃんが言ってきたのだ。榮美ちゃんは本ばっかり読んでいるちょっと変わった子で、その分物知りだ。名前の漢字も全部書ける。テストの時、習ってない漢字はひらがなで書きなさいって言われるのに、榮美ちゃんは全部漢字で書く。

その榮美ちゃんが人間はみんないつか死ぬって言ったので、私はびっくりして、それから家に帰るまでずっとお腹の辺りが痛くなった。榮美ちゃんは確かに頭がいいけれど、間違うこともあるはずだ。私はお母さんに榮美ちゃんが言っていたことを教えて、嘘だよねって言った。そうしたら、お母さんは「文ちゃんが大人になるまではお母さんもお父さんも死なないからね」って言った。

でも、私は気づく。

大人になるまでは死なないっていうことは、大人になったら死ぬってことだ。

私はそんなことが聞きたいんじゃなかったから、私はお父さんが帰ってくるまでずっと泣いて、ごはんの味も泣いててしょっぱかった。ロケットを飛ばす仕事をしてるお父さんは前の月からすごく忙しい。話し合いが沢山あるらしいからだ。

お父さんは私のことを持ち上げて「文香は死ぬってどういうことだと思う？」と聞いた。私が怖いこと、って言ってまた涙目になると、お父さんは私のことをくるくる回しながら「死んだら、お父さんのロケットに乗れるんだぞ」と言った。

なんでロケットに乗れるの？　って聞いたら、乗れるから乗れるって言われて、私はロケットに乗りたいから嬉しかった。

それで、次の日また榮美ちゃんに学校で会った時、私は「人間は死ぬけど、死んだらロケットに乗れるんだよ」と教えてあげた。

そうしたら榮美ちゃんはなんだか難しい顔をして、何にも言わなくなっちゃったけど、でも榮美ちゃんにはそういうところがある。

「文ちゃん、もっとすごい秘密教えてあげようか」

榮美ちゃんがにんまり笑って言うので、私はやな気持ちになった。榮美ちゃんがそういうことを言う時は、いつも怖い話をするからだ。でも、榮美ちゃんの話が気になって、私はうんって言う。榮美ちゃんが私に内緒話をする。

「ねえ、知ってる？　宇宙もいつか死んじゃうんだよ」

ええ、それは絶対嘘だよ。だったら、星とかロケットはどこ行っちゃうの。って言ったら、榮美ちゃんも知らないみたいで、またなんにも言わなくなっちゃった。いいから校庭行こうよって言ったら、空にロケットが見えた。あれはお父さんの打ち上げたロケットかなあ。そうだったら、いいなあ。

奈辺

一七四一年　ニューヨークの陰謀

ニューヨークで起きた放火強盗事件のこと。酒場を営んでいた白人ジョン・ヒューソンと、黒人奴隷のシーザーが首謀して起こしたと言われる。

当時、奴隷制度がまだ健在であったにもかかわらず、ヒューソンの酒場は白人と黒人が共に酒を飲み交わしていたという『人種の境界無き酒場』であった。

当局はヒューソンとシーザーが大規模なクーデターを起こそうとしていたと主張し、無関係の人間も含めて酒場に出入りしていた多くの人間が絞首刑となった。

その一方で、彼らが本当にそんな陰謀を企てていたかは定かではなく、存在すら疑問視されている。裁判中、当局が最も強い言葉で糾弾したのは白人と黒人が恥ずべき交際をするという社会空間そのものであった。

処刑されたシーザーとヒューソンの遺体は隣に並んで吊されたが、時間が経つにつれシーザーの皮膚は白くなり、ヒューソンの皮膚は黒くなったという都市伝説的な言い伝えがある。

＊

一七四一年のその日、ヒューソンの居酒屋に黒人奴隷のシーザーという男がやってきた。彼は仕事帰りに酒を飲む為にやって来たのである。身長一八〇センチ近い黒人の男が戸口に現れた時、酒場の空気は凍り付いた。中にいる客は全員が白人であり、雇われている店員も常駐する娼婦も白人だった。彼らは酒場という場所で黒人に相対することが、殆《ほとん》ど初めてであった。その内に、客の一人であるルーカスが侮蔑混じりの声を上げた。

「おい、入ってくる場所を間違えてるぞ！　黒んぼ！」

「ここは酒場だろう。俺は酒を飲みに来たんだ。何も間違えていない」

シーザーが真面目な顔をして答えると、ルーカスは酒に酔って真っ赤になった顔を更に赤くして吐き捨てた。

「生憎《あいにく》と、ここにはお前らに飲ませるような酒は無《ね》えよ！　さっさと失せろ」

「お前が飲んでいるのは酒じゃないのか。俺はそれを飲みに来たんだ。わかるか？」

「黒人に飲ませる酒なんか一滴も無えっつってんだよ。お前らに飲まれるくらいなら、俺が全部飲み干してやる！」

店主のヒューソンが揉め事の気配に気づき、一階へと下りてきたのがその時だった。シーザーのことを見て、ヒューソンは正直なところ「あーあ」と舌打ちをしてやりたくなった。黒人。自分達とはまるで違う、獣の如き二本足。

ヒューソン個人は蛇蝎《だかつ》の如く彼らを嫌っているわけではないが――それでも、容認出来るかといえば別の話だった。姿形は似ているが、相手は動物なのだ。まともな人間が関わるものではない。

とはいえ、ヒューソンは揉め事があまり好きではなかった。酒場に入る入らないで暴れられては困る。ただでさえ、ヒューソンは今機嫌が悪かった。住み込みで働かせていた娼婦の一人が金を持ち逃げし、借金が嵩《かさ》んでしまったからだ。

ニューヨークに住んでいるような知人は大体が首も回らないほど金に困っている。頼れる人間はいない。生来の博打《ばくち》好きが影響して、ヒューソンにはとにかく金が無かった。

年季の入った酒場はどこもかしこも修繕が必要であり、金はいくらあっても足りない。かといって、ここで雇っている娼婦達の給金をこれ以上下げるわけにもいかない。

これから夜になれば、仕事を終えた白人連中が酒場にやって来る。ささやかなかき入れ時を前に、黒人なんかに煩《わずら》わされたくない……というのが、ヒューソンの考えだった。彼は普段よりも更に明るい笑顔を作って、二人の間に割って入った。

「おいおい何の騒ぎだ？　ルーカス。経営に喘ぐ俺の店の酒を全部飲んでくれるってか？　そうなったら、このボロ酒場も建て直せるんだけどなぁ？」

「見りゃわかるだろうがヒューソン！　お前の店にニガーが入り込んでんだよ！　さっさと追い出してくれ！」

冗談では宥《なだ》められなかったルーカスが、シーザーのことをじろりと睨む。内心で溜息を吐《つ》きながら、ヒューソンは笑顔で言った。

「看板出してなかったからわかんなかったよな？　けど、見ての通りここは白人がやってる白人の酒場だ。あんたらみたいなのは余所《よそ》の酒場に行ってくれ」

「余所の酒場に行きたかったんだがな。俺達の行ってる酒場が潰されちまったんだ。当局曰く、風紀を乱す悪の巣窟ってことでな」

「へえ。そいつはお気の毒にな。つったって、俺の店が風紀を乱す悪の巣窟を継ぐってのはいただけないわけよ。お前も分かるだろ？　おっと、俺は争うつもりはないぜ。白人は白人、黒人は黒人でちゃんと分けようぜって言ってんだ」

「そうして分けていった結果、俺らは行く場所が無くなっちまった。もっと早くにこうするべきだったんだ」

思いの外《ほか》理性的な口振りに、ヒューソンは正直驚いていた。黒人というのは、どいつもこいつもオツムが弱いんじゃないのか？　と、半ば裏切られたような気分で思う。これでは、目の前の男が自分と同じ人間であるかのように錯覚してしまいそうだ。

「それについては俺も同情するところだ。けどな、あんたを入れたら、どうなると思う？　ここが黒人共の憩《いこ》いの場になっちまう。そうなったら困るんだよ」

「どうして困るんだ？　俺らだってちゃんと金は払う。踏み倒しはしない。お前も酒場を経営してるなら、そのくらいわかるだろ？　いいか？　俺は、ここに、酒を、飲みに来たんだ」

わざとらしく一語一語を区切りながら、シーザーは言った。まるでこちらの方が分別の無い人間だと思い知らされたかのようで、ヒューソンの腹の底にも怒りの虫が湧く。

「あんまり困らせてくれるなよ。こっちは警察を呼んだっていいんだ」

「この店はそんなもんを呼べるほど清廉潔白《せいれんけっぱく》なのか？　売春は犯罪だぞ。叩けば埃《ほこり》が出るだろ」

シーザーの言う通り、ヒューソンの店の二階には娼婦が仕事をする用の部屋と、彼女らの住み込み用の部屋があった。踏み込まれて即逮捕ということはないだろうが、目を付けられて賄賂《わいろ》を要求される恐れもある。

ヒューソンが言葉を詰まらせると、隣のルーカスが銃を取り出した。

「ガタガタうるせえニガーだな。こういう奴は撃ち殺しちまえばいいんだよ。あっちが先に手ぇ出してきたっつったら、無罪になるだろ。黒豚一匹くらい殺しちまえ」

「すぐこんなもん取り出しやがって。どっちが豚だ」

シーザーがルーカスを煽り、ヒューソンは更に焦った。

「おいルーカスやめろ！　俺の酒場にニガーの脳味噌をぶちまけてどうする！」

「立場を思い知らせてやろうとしてんだよ！　止めるなよ腰抜けヒューソン。こいつにニューヨークでの生き方を教えてやる！」

ルーカスの指が引き金に掛けられた。

もし、酒場の二階から爆発音がしなければ、シーザーの脳味噌はこのままぶちまけられていたことだろう。

「な、なんだ!? 何が起こった!?」

酒場にいる人間が全員、二階に続く階段の方を見ていた。焦げ臭さがある割に、目に見える被害は無い。そこが余計に不気味だった。パチパチと何かが爆《は》ぜるような音がする。カラカラと、何かが空回るような音もする。ややあって、奥の部屋——娼婦のステイシーが使っている部屋だ——から、一人の男が出てきた。彼は極めて優雅な足取りで、階段を下りてくる。

男は白人でも黒人でもなかった。目映《まばゆ》いばかりの銀色の服を着ている、二メートルほどの身丈《みのたけ》の大男の肌は——目の醒めるような緑色だ。おまけに、髪の毛はそこらの女よりも綺麗なブロンドである。

貴族の如く階段を下りてくる男に、誰も一言も発せられなかった。酒場の主《あるじ》であるヒューソンですら、何も言えない。肌が黒い男と揉めていたところに、肌が緑の男が現れているのだ。一体何が言えるだろう? こちらを見ていたメアリー・バートンという名の女中が、男を見て卒倒した。

一階まで辿り着くと、男は胸元に二本指を添えながら言った。

「私はジェンジオ・マ・トクロミニオ。惑星トクロミニオから来たトクロミニオ人だ。宇宙船の不調により、この星に不時着することとなった。よろしければ、宇宙船が直るまでここに仮住まいさせてもらえないだろうか」

言葉は通じた。——『宇宙船』も『不時着』も『トクロミニオ』も分からなかったが、彼の言っていること自体は理解が出来た。

白人のヒューソンとルーカスも、黒人のシーザーも、他の客や娼婦達も、そして緑色のジェンジオも、微動だにしなかった。互いのことを窺っている。そうして最初に口を開いたのは、この場で一番異質な人物だった。

「私はジェンジオ・マ・トクロミニオ――」

「ふざけんな化物！」

　ルーカスの銃がジェンジオに向けられる。撃たれる、と思った刹那、ジェンジオの手が素早く銃を弾《はじ》いた。そのままジェンジオがルーカスの背後に回り、手に持った棒らしきもので何かをした。するとルーカスは驚くほど大人しくなり、ふらふらと椅子に戻ると眠り始めた。ジェンジオはルーカスの懐にそっと銃を戻すと、もう一度ヒューソンの方を見た。

「何かしらトラブルがあったことは理解している。そちらの男性と貴方は揉め事を起こしているのだ。だが、私の立場も理解してほしい。私は不時着してしまい、未知の惑星で心細く思っている」

「何言ってんだお前、頭おかしいんじゃないか……」

　ヒューソンは目の前で起きたことが信じられず、震える声で言った。だが、ヒューソンの世界にはおよそ存在しない『宇宙人《グリーン》』に、どんな言葉を掛けていいか分からないのだ。

　客の大半はシーザーとルーカスの諍《いさか》いの時点で酒場を出ており、パニックになることはなかった。残った娼婦達や小間使いは固まっていて、ジェンジオの風体の異様さを、自分の常識に当てはめようとしているようだった。

「何が問題なのだ」

　沈黙の中で、ジェンジオはなおも尋ねた。

「……そいつは、黒人の俺がここで飲むのが嫌だと抜かしたんだ。ここは酒場だってのに」

「酒場というのは店の一種だな。何故拒む？」

今度はヒューソンにジェンジオの言葉が投げかけられた。

「そいつが黒人だからだよ、ミスター・グリーン。ここは白人の俺がやってる白人の店だ。だからそいつに酒は飲ませない」

「肌の色の違いはさして問題ではないように思える。肌の色により、飲んでいいものとそうではないものが違うのか」

「そういう話じゃないんだっての。お前はどこから来たんだよミスター。俺はさっさと営業を再開したいんだ。ただでさえ普段から閑古鳥《かんこどり》が鳴いてるってのに！」

「トクロミニオから来た。閑古鳥というのがどういう鳥なのかが知りたい」と、ジェンジオ。

「閑古鳥が鳴いているなら、俺達《こくじん》を受け容れればいい。何故それがわからないんだ？　だから経営が傾くんじゃないのか？」

「奴隷に商売がわかるってのかよ！」

思わずヒューソンが声を荒らげると、「やめて！」という涼やかな声が響いた。

「もう沢山だわ。この状況で今更白人と黒人の区別をする必要がある？　だって、肌が緑の人がいるのよ？　私も気を失いそう！」

真面目な顔をしてそう主張しているのは、ブロンドの髪に青い瞳をした美しい女だった。彼女の白いドレスは、ジェンジオの着ている銀色の服と同じくらい目立っていた。彼女はジェンジオの目をしっかりと見て、挨拶をする。

「私はマーガレット・ソルビエロ。この酒場で夢を売ってるの」

「人呼んで『ニューファンドランドのアイルランド美人』だ」

「ねえ、ヒューソン。それ誰が言い出したの？　もっと他に無かったのかしら」

「酒場の華、ニューヨークの女神、ジョン・ヒューソンの隠し玉」

「はいはい。さあ、女が目の前のグリーンに怯えなかったんだから、貴方達も少しは落ち着いたらどう？」

マーガレットの言葉に、酒場の男達は静まり返った。彼女の言葉には、酒場の男を黙らせるだけの力が備わっているのだ。

場が静かになったのを見て、ジェンジオはすかさず口を開いた。

「説明により、肌の色が違うことによってトラブルが生じているのがわかった。私が肌の色に関するトラブルを解決したら、ここを仮住まいにさせてもらっていいだろうか」

「この場で一番肌の色が問題になってるのはあんたなんだけどな」

「私は黒人でも白人でもないと思われる。問題にはなっていない」

言いながら、ジェンジオは懐から紐のようなものを取り出した。すわ武器かと思ったヒューソンが身構え、シーザーが後ずさりをする。だが、それよりもジェンジオが紐の両端を二人に付ける方が早かった。

瞬間、ヒューソンとシーザーの間に電撃に似た衝撃が走った。

「肌の色が問題なのであれば、即席で変えることが可能だ。これは一時的な措置であるが、私が宇宙船の修復を進めれば、もっと恒久的な変化を及ぼすことが出来るだろう。これで、店に入ることに及び、店に入《い》れることが可能だ。私は、ここを仮住まいとし、旅を続けたいのだ」

ジェンジオの言葉は殆ど耳に入ってこなかった。

何故ならヒューソンの目の前には、慣れ親しんだジョン・ヒューソンの顔をした男が座り込んでいたからだ。ヒューソンは咄嗟《とっさ》に自分の手を見た。先ほどまで言い争っていたシーザーのものだった。

汗が目に入るという経験を、ヒューソンは久しぶりに味わった。ヒューソンに割り当てられる荷物は、基本的に危険かつ二十キロ以上のものなのだ。乾燥を終え、箱に詰められたタバコ葉を馬車に運ぶ。彼がやる仕事はそれだけである。箱を何個も重ねて運ぶ。休まずに運ぶ。陽が落ちるまで、何一つ考えずに運ぶ。これでは馬と変わらない。

かつてヒューソンは小さな靴屋で奉公をしていた。お世辞にも労働環境がいいとは言えない店で、ヒューソンは革を運びながら何度も殴られていた。作業部屋はじりじりと暑く、目には絶えず汗が入った。

自分が自分らしくあれる『どこか』を目指し、ヒューソンはがむしゃらに働いて酒場を開いた。何度も失敗を重ねたが、ヒューソンは諦めなかった。

報われる場所を夢に見ていた。

「黒人ってのはオランウータンが進化した生きもんなんだろ？　猿は疲れたりしねえよな!!」

そうして嘲《あざけ》りの言葉を掛けてくるのは、同じタバコ農場で働くスティーブという名の白人だった。ヒューソンの酒場にも何度か来たことのある男である。彼が普段、シーザーのことを見下しながら働いているのだということを、ヒューソンは初めて知った。

大量の洗濯物を籠から出しつつ、ヒューソンは――シーザーの姿をしたヒューソンは、笑顔で言った。

「その通り、俺は猿に近い生態をしてるから、生き物の交尾については滅法鼻が利く。ちょっとばかり俺に対してフレンドリーになってくれるんなら、三軒隣のデカ尻ケイシーがどいつと浮気してるか教えてやってもいいぜ」

他人の身体ではあるが、舌は案外良く回った。すると、さっきまで侮蔑の表情を浮かべていたスティーブがきょとんとした顔になり、ハッとした様子で喋り始めた。

「お前、急にどうしたんだ？　いつもだんまりだってのに。それを見て、俺は猿にゃあやっぱり人間の言葉が分からないんだと思ったもんだが」

「身体を動かさなきゃなんない時に舌まで動かしちゃ疲れるだろ？　だから、暇を貰ってんだ」

この言い回しがお気に召したのか、スティーブがけたけたと笑い始めた。

「お前、喋ると面白いんだな。猿のくせに」

「お気に召したようで幸いですぜ、旦那」

おどけて言いつつ、ヒューソンは溜息を吐いた。こうして嘲りの言葉を掛けられるならまだいい。

農場の主人にいきなり棒でぶたれた時、他人の身体ながらヒューソンは思わず悲鳴を上げてしまった。主人は怒りに満ちた顔で言った。

「どうした、不服なのか？　家畜のくせに」

「いえ……そんな、滅相も無い」

痛みに喘ぎながらも、ヒューソンは答えた。答えなければ、もっと酷い罰が待っているからだ。ちゃんと答えたにも拘《かか》わらず、主人は、ますます顔を歪ませながら言った。

「お前、本当は不服なんだろう。この農場は自分のものだと思ってるのか？」

一体何を言っているのか分からなかった。シーザーは奴隷である。まかり間違ってもそんな思い上がりをするはずがないというのに。ヒューソンが本気で困惑した表情を浮かべているのに気がついたのか、主人は唾を吐きかけて去って言った。彼の姿が見えなくなったのを確認してから、ヒューソンは唾を拭って小さく唸った。

こんな状況になったのも、全てはあの宇宙人の所為《せい》だった。彼が使った紐の所為で、ヒューソンとシーザーの身体は入れ替わってしまったのだ。

「おいおいどういうことだ⁉　俺が目の前にいるじゃねえか！　俺はどうなっちまったんだ⁉」

「肌の色が問題で、彼は店を利用出来ない。なので、一時的に身体を入れ替えることによって、彼が店を利用出来、店の主人であるそちらは、利益を得られるようにした」

「こ、こいつ、悪魔だ！　悪魔が俺の身体をニガーにしちまったんだ！」

喚《わめ》くヒューソンに対し、シーザーは冷静だった。しげしげと自分の身体を確認した後、

「これは一体いつまで続くんだ？」

「持続時間については、そこまで長くはないとだけ言っておく。いずれ戻り、君はまた店を利用出来なくなる」

「……そうか」

シーザーは大きく一つ頷くと、ヒューソンに向き直った。

「このグリーンは本物の悪魔だ。俺達の身体を一時的に入れ替えた。それがこの揉め事を収める唯一の手立てだと思ってだ。恐ろしい話だよな。けれど、これは永遠じゃない。いずれ戻る。わかったな」

「それでわかったって言える方がペテンだぜ、それ」

「だが、そうするしかない。ならどうする？　このグリーンを一緒に殴り倒すか？」

ヒューソンはそうしたかった。だが、先ほどルーカスが眠らせられたことを考えると、まともにやりあって彼に勝てることはないんじゃないかという気持ちにもさせられた。なら——自分は、自分はどうすればいい？

「何事もなく過ごせばいいんだ。あいつは戻るって言ってる。戻るってのが信じられなかったとして、お前はどうする？」

「どうする……って言われても……」

「問題無く過ごすんだ、ジョン・ヒューソン。俺は今のお前を殺して、入れ替わりを永久にしてや

ってもいいんだ」

それの意味するところを知って、ヒューソンはぞっとした。互いの身体を人質に取られているようなものなのだ。

「…………いいや、お前はそんなことしないでいてくれるよな？　いくら動物染《じ》みてるからって、そんな」

「何故またトラブルが発生するのか、私はわからない。翻訳機の精度があまりよくないので、正確に理解が出来ているかもわからない所為もある。争いは出来る限り、止めたいと思っている」

ジェンジオは全く表情を変えずに言った。その手にはさっきルーカスに使った棒があった。

「わかった。わかったよ。耐えよう。おいミスター・グリーン。これは本当に戻るんだろうな!?」

「ジェンジオだ。ああ、恒久的なものじゃない。その点は申し訳なく思っている」

「なら、耐えるしかないだろ。死ぬわけにも殺すわけにもいかない」

「随分適応力があるんだな」と、何故かシーザーの方が馬鹿にしたように言った。

「俺は田舎町から身一つで出てきたんだ。ヤバい状況に当たったこともいくらでもある。今回みたいな悪魔憑きの状況は初めてだが、パニックで全部を失おうってつもりはない。こっちは目が醒めたら首から下を地面に埋められてたこともあるんだ」

「その話、ヒューソンは酔うといつもするのよ」

マーガレットがからかうように言って、ヒューソンは肩を竦《すく》めた。

「ヒューソン、あたしの部屋に銀色の丸い何かが突っ込んできて、ベッドが埋まってる！　どうしたらいいの！」

その時、栗色の髪をしたステイシーが、シーザーに向かって飛びつくようにして言った。

「ステイシー、俺はこっちだ」

ヒューソンはそう言ったが、ステイシーはきょとんとするばかりだった。


人種の境界無き酒場が成立するにあたって、店主のジョン・ヒューソンの適応力、物事を受け容れる力について言及されることが多い。世間の風潮に反してヒューソンは黒人を受け容れ、彼らと対話をしてみせたからだ。

だが、その内実について正確に把握している資料は無い。ヒューソンの適応力が真に発揮されたのは、地球外生命との接触と、それに伴う心身の入れ替わりに対してである。

これが、一七四一年のニューヨークの動乱を引き起こすこととなるのだ。


ヒューソンとシーザーはすぐに対策を講じた。自分達の入れ替わりが大きな影響を与えないよう、最低限の共有事項を元に、互いのように振る舞ったのだ。この入れ替わり自体も、酒場にいる限られた人間にしか説明をしないことにした。こんな奇妙なことを、誰も信じないだろうと思ったからだ。

元々ステイシーのものだった部屋は、そのままジェンジオに明け渡すことにした。元より部屋の中には巨大な球体が入り込んでしまっているのだ。

ジェンジオに、あまり人目に触れないよう、特に酒場が開いている時は部屋から出ないよう厳命したのだが、ジェンジオは意外にも冷静にそれを受け容れた。彼は軟禁状態にまるで抵抗を示していないようだった。

「私は宇宙船を直し、もう一度航行に戻りたい。仮住まいに感謝する。私はこの星に暮らすジョン・ヒューソンの厚意に感謝する」

緑色の皮膚を持ち、ぎこちないながらも自分達と同じ言葉を話すジェンジオ。彼をまず信用したのは、単に役立ったからだ。

ジェンジオは自分が穴を空けたステイシーの部屋を、見事に修繕してみせた。しかも、どうやったのかヒューソンには与《あずか》り知れない方法で、だ。それを見たヒューソンは、さりげなくこう提案したのだ。

「なあ、他のところも直せるのか？　お前」

この時期、ヒューソンの酒場は不可思議な大規模修繕を行っている。まだヒューソンの酒場の人入りが少なく、借金に喘いでいたにもかかわらず、である。真相を知ってしまえば何のことはない。ジェンジオが行ったことだったのだ。

このことをきっかけに、ヒューソンはジェンジオを信頼するようになった。

「直すことは得意だ」

ジェンジオが真面目な顔でそう言った時は「だったらさっさと身体を戻してくれよ」と返し、ジェンジオは黙り込むばかりだったのだが。

さて、シーザーとなったヒューソンは、シーザーとして酒場の外で働くことを強いられた。

シーザーはニューヨークの大きなタバコ農場で働いている奴隷だった。ヒューソンもよく知っている、とても景気の良い農場である。この農場では従来のニコチアナ・タバカムだけではなく、バーレーなる新種のタバコを栽培していて、それが実に高く売れるのだそうだ。ヒューソンも何度か回してもらったことがあるが、ガツッとくる刺激がたまらなく、こいつに目を付けた主人は商才があると認めざるを得ないものだった。

大農場なだけあり、給金自体は悪くなかった。貧乏白人と同じくらいか、少し下回るくらいだ。ヒューソンはそのことに驚く。

だが、彼はあくまで奴隷であり、ニューヨークの奴隷法に縛られている存在でもあった。奴隷法曰く、主人は奴隷に対し、生命や手足にまで及ばない範囲で罰を与えることが出来る。奴隷は逃亡してはならず、三人を超える奴隷は主人の許可が無ければ集まることすら出来ない。

奴隷が自由になる為には賞賛に値する奉仕が必要とされる。賞賛に値する奉仕、という言葉はヒューソンの舌の上で浮いていた。

ヒューソンはタバコ農場で働き、夜になると酒場に戻る生活をした。体力的にはキツかったものの、やってやれないことはない――というのが、ヒューソンの印象だった。タバコ農場の日々は、かつての奉公の日々を思い起こさせた。

だが当時の彼は、奴隷法で縛られたりはしていなかった。家畜と同じように単調な肉体労働を繰り返させられ、見下されながら生きているわけではなかった。

労働を終えて酒場に向かうと、今度はヒューソンの仕事を請け負ったシーザーと対面することとなった。酒場は常に午後六時から開けていたが、シーザーは午後二時から酒場の清掃などを行っているようだった。

今日のシーザーはマーガレットと共に執務室にいた。彼は何やら物を書いているらしかった。

「黒くなったヒューソン。今日はどうだった？」

「どうだったもこうなったもない。ひでえもんだ。俺の魂まで黒くなっちまいそうだったぜ。こき使いやがって。……お前らは？」

「シーザーは今、仕入れ値の計算をしているの。上手く経費が削減できたら、修繕費に充《あ》てられるわ。貴方ったら、帳簿を適当につけるから余計なお金が掛かるのよ」

「計算？　そいつが？」

「ええ。シーザーは凄いわ、魔法みたい……数字を弄《いじ》るのは楽しいわね」

マーガレットはうっとりとした表情でシーザーのことを見つめている。

彼女は元々、ニューヨークの娼婦には珍しく読み書きに堪能だった。なんでも、本を使って一人で覚えたらしい。マーガレットの知的好奇心と、シーザーの計算の様子が嚙み合っているのを感じた。マーガレットはすっかり目の前のニガーに心を許しているのだった。

ヒューソンはゆっくりとシーザーの背後に近づくと、何やら大量の数字を書き付けている彼に話しかけた。

「黒人のくせに計算が出来るのか」

「ニューヨークの奴隷は学校での教育が受けられる。もっとも、二十年ほど前にヨークシティで起きた暴動以降、黒人に教育を受けさせるということ自体が問題視され……俺もそこまでしっかりと受けられたわけじゃない」

ペンを走らせながら、シーザーは淡々と言った。ヒューソンは、まともな教育を受けた覚えがない。自分が下に見ていた黒人に計算能力の面で劣るという事実は、ヒューソンの心に微かな漣《さざなみ》を立てた。

「それにしても、ひでえ帳簿だ。これじゃあ仕入れ先が金をちょろまかしていてもわからない」

「俺はそこを信頼と勘で渡ってんだよ。愛嬌の欠片《かけら》も無い黒人にはわからねえだろうが」

「だから、酒場の経営が傾く。黒人なんかに経営の杜撰《ずさん》さを指摘される羽目になる」

嫌みったらしくシーザーが言う言葉に、ヒューソンは反論が出来なかった。その代わりに、今日あったことを話しておくことにした。

「お前の雇い主の下でひいこら働いてきたけどな。ありゃ酷いな。いくら黒人が頑丈だからって、粗雑に扱いすぎだ。お前、いつもあんな目に遭ってるのか?」

『あんな目』の詳細を語らなかったにも拘わらず、シーザーはゆっくりと頷いた。日常なのだ、とヒューソンは改めて実感する。シーザーの置かれている立場とは、ああいうものなのだ。気まずくなり、ヒューソンはフォローするように言った。

「けどまあ、やり手ではあるよな。ここらであの新しい葉っぱを大々的に育ててるのはあそこの農場だけだろ。目の付け所がいいっていうか」

「バーレーなら、俺が薦めた」

「は？」

「あれは元々、ケンタッキーで流行《はや》ってたタバコの葉だ。ニューヨークでも作れるだろうって思ったから、栽培するよう言った。ケンタッキーで流行ってるものなら、こっちでも流行る」

「お前が……？」

ヒューソンは口をぽかんと開け、目をぱちぱちとさせた。そこでようやく、「この農場は自分のものだと思ってるのか？」という主人の言葉を思い出す。

シーザーがバーレー種を栽培するように進言した。それであの農場は成功し、あそこまで大きくなった。なら、あれは本当は——本当の意味では、シーザーの——。

「お前、何であんな奴の奴隷なんだ？」

思わずヒューソンが言うと、シーザーはゆっくり首を振った。

「親があいつの所有する奴隷だった。だから俺も奴隷だ。ガキが産まれれば、そいつも奴隷になる。永遠に変わらない」

「はあ、黒人ってのは大変なんだな。ここらにいる白人だって変わらんのよ。女は娼婦、男は安月給で働くか兵士になるしかないような状況だ。で、男はうっかり死んで、ガキと端金《はしたがね》だけ女に残す。んで女はガキを養う為に娼婦になって、またガキをこさえてのループだ。抜け出せない。俺も俺で、酒場はいつでも火の車だ。いつ転覆してもおかしくない」

「だが、奴隷じゃない」

シーザーの手が止まった。ややあって、彼はもう一度ペンを走らせ始めた。

「新入りの娼婦が、ずっと部屋で泣いているんだ」

「あー……ルビーは先週来たばっかりだもんな。この状況に、まだ慣れてないんだわ」

「ヒューソンを呼んでくれって言うから俺が行ったんだが、全く落ち着かず会話にならなくなった」

「お前、女と話したことある？　何にもわかってねえなあ」

「その言い草は何だ」

「まあ見とけって」

件《くだん》の娼婦の部屋の前にはジェンジオとステイシーがいた。

ジェンジオは来たばかりの時の銀色の服からごく普通の衣服に着替えているものの、緑色の肌の所為で違和感が拭えない。

「お前のせいで大変なことになってんだぞ、グリーン」

「私はグリーンではなく、ジェンジオ・マ・トクロミニオだ。ヒューソン、肌の色が変わったことにより、トラブルはなく過ごせているか」

「むしろトラブル塗《まみ》れだっつーの。早く元に戻して欲しいもんだ」

「宇宙船が直った暁には、肌の色をもっとしっかりと変えられる」

相変わらずヒューソンの言っていることの真意が伝わっていないようだったので、一旦こちらは置いておくことにする。ステイシーに視線をやると、彼女は首を竦めて言った。

「彼女、相当参っちゃっててさ。白人も黒人も全員嫌いだって言って聞かないの。だからジェンジオを呼んだわけ」

「なんでそこでジェンジオなんだ」

「ジェンジオはホワイトでもブラックでもないからアリかなって」

ステイシーがあっけらかんと言う。思いもよらない理由で打席に立たされたジェンジオは、真顔でヒューソンとステイシーを見つめていた。

「そういう問題じゃねえだろステイシー。まあ待ってろ口先一つで解決してやる」

果たして、ヒューソンが部屋に入ってからルビーは三十分も経たずに部屋を出てきた。シーザーの身体であっても言葉が淀みなく出てくることに、ヒューソンは心底感謝した。

「大したもんだな」

気がつくと、背後にはシーザーが立っていた。

「酒場を経営するのなんか簡単だと思っていたが、必死の喋りも必要なのか」

「少なくとも、俺はここを、働いてる奴らが安心出来る場所にしたくて必死なんだよ」

シーザーが少しだけ妙な顔をして、それから何故か頷いた。

ヒューソンとシーザーの関係が悪いものではなかったのは、シーザーがヒューソンの酒場の経営改善に一役買ったからだったかもしれない。シーザーが仕入れ値を見直した結果、ヒューソンの酒場の赤字は多少なりとも減ったのだ。

これによって、ヒューソンがなし崩しに許さなくてはならなくなったものが一つある。酒場への黒人の出入りだ。

当然といえば当然の話だった。身体が入れ替わってしまった以上、黒人の出入りを禁じればヒューソンも中に入れなくなってしまう。加えて、この点についてはシーザーが頑《かたく》なに要求したのだった。

「カトーズ・ロードハウスも、バロウズも、黒人専用の酒場は大体潰れた。黒人も入れる酒場にすれば、絶対に利益が上がるし、儲かる」

その勢いに圧《お》され、ヒューソンは仕方なく酒場を白人も黒人も利用出来るようにした。

最初の内、ヒューソンの酒場の客は黒人ばかりだったという。それが、次第に白人の客足も戻り――白人と黒人の入り混じる酒場となった。シーザーの言うような『儲かる』というものではなかったものの、利益率で見れば悪くなかった。

だが、大繁盛というにはまだあと一歩足りなかった。そんな状況を受けて、シーザーは言った。

「この酒場に人が来る理由が必要だ。ここでなければ駄目、というような。その為に、日曜日に催しをやるべきだ」

「日曜日に？　なんでまた」

「お前は教会には行かないのか」

「俺の神は紙と金属に刻まれてるんでね」

「儲けたいなら、狙い目を学べ。それこそ、こういうのは白人連中の十八番だろ」

シーザーが皮肉げに笑ってから、真剣な表情で説明をした。

「いいか、日曜には沢山の人間が教会に行く。そいつらを狙うんだ。教会に行ってきた連中は、ここでの酒を割り引きするってことにしろ」

「教会帰りを狙って酒の勧誘か？　神がお怒りになるぞ」

「平日に散々働いてる信徒達が、少しくらい安息を得たっていいだろう。この日はいつもよりうんと派手にしろ。料理も豪華に、酒も浴びるように」

「そして女は？」

「踊らせろ。オルガン弾きやバイオリン弾きをこの時だけ雇うのもいい。日曜は特別な催しをする酒場だと刷り込ませろ」

「なるほど。名称はどうする？」

「名称？」

「名前だよ。お前はアイデアはいいが、そういう洒落《しゃれ》っ気みたいなのに疎《うと》いな。だからスティーブにも煙たがられるんだ。適度なジョークと笑顔は場を円滑にするぞ。お前は黒人なんだから、尚更そういうのが必要だろ」

「……スティーブと揉めたのか」

「いいや、むしろ良好ってとこだ。お前がこの身体に戻る前に、ちょいと職場改善をしておいてやるよ。もっとも、オツムの方は多少弱くなったたって設定になるが」

シーザーは訝《いぶか》しげな目を向けていたが、ヒューソンはそれに構わず、ポンと手を叩いて言った。

「日曜のイベントは『大宴会』っつうことにしよう。良い名前だろ？」

シーザーはますます微妙な顔になり、何か言いたげに口を動かしたが、結局黙った。こういう馬鹿げた波に乗るのは、ヒューソンの方が得意なようだった。


そうして始まった『大宴会』は、ヒューソンの想像を遥かに超える賑わいを見せた。教会と居酒屋を大胆にも結びつけ、積極的に呼び込みを行うというシーザーの目論見《もくろみ》は当たり、ぞろぞろと新規の客が酒場にやってきた。彼らはやけに上機嫌で、普段の客よりも多く酒を飲んだ。賭けなどに興じる客も多く、勝ち負けが決まる度にグラスが空くのだ。

また、ヒューソンはこの『大宴会』に合わせてガチョウの肉などの見た目にも華やかな料理を用意した。テーブルの上にドンと置くだけで、祭を演出できるようなものだ。これもまたシーザーの進言だった。彼は何度かパーティーのアシストを務めたことがあり、その際にやり方を学んだようだった。

思いがけず盛り上がりに貢献したのは、ジェンジオだった。バイオリン奏者を探しているヒューソンに対し、彼が突然名乗りを挙げたのである。

「ダーマなら私が弾ける。明日にはダーマを作ることも出来るだろう」

「ダーマって何だよ。俺が探してるのはバイオリン奏者だっての」

「私の星ではバイオリンをダーマといった。本来私が弾くのはダメリだったのだが、ダーマも弾ける」

ジェンジオがそんなことを言うので、ヒューソンはそういうものかと納得してしまった。だが、ジェンジオの持って来たダーマは細長いところと弦があるところしかバイオリンと似ていなかった。「何が『ダーマといった』だ」と、ヒューソンは苦々しく思う。

「その顔色はどうするつもりだ」

「ステイシーが装ってくれると言っていた。出ている他の部分を道化にすれば、化粧に見えるというのが彼女の意見だった」

彼女の言う通りだった。悪魔とも道化とも言えない仮装をしたジェンジオはよく馴染んでいた。緑の肌のジェンジオを知らずに受け容れている客達を見ると、ヒューソンはなんだか胸がすくような思いになった。

バイオリンではなくともダーマの音色は美しく、ジェンジオはもの悲しささえ感じさせるのに陽気な、この星には馴染みの無い旋律を奏でた。酒場にいる客はダーマの音に合わせて踊った。酔っている人間にはダーマとバイオリンの違いなど分からず、ただその音だけが価値を持っていた。

大宴会は次第にニューヨークでも評判になっていき、この大都市でヒューソンの酒場自体が有名になっていった。大宴会のみにやって来る娼婦などもおり、ヒューソンは金を受け取って彼女らに部屋を与えた。仕事の合間に、彼女らも踊った。

マーガレットも、ダーマの音に合わせてよく踊った。テーブルの間を縫うように舞い、報酬としてチップを受け取るのだ。娼婦としての仕事よりも、こちらの方がずっと堂に入っているように見えたほどだ。

宴も終盤に向かうと、マーガレットは決まってヒューソンの姿をしたシーザーのところに向かい、彼の手を引いた。

「シーザー！　一緒に踊りましょう！」

「今の俺はヒューソンだ。酒にやられて目まで悪くなったか？」

「そんなことはいいの！　踊るの？　踊らないの？」

「踊らねえよ」

シーザーがすげなく断ると、マーガレットは何故か楽しそうに笑って、彼の唇にキスをした。少しだけ驚いた顔をしたシーザーが、苦々しく言う。

「お前はヒューソンの情婦なのか」

「野暮なことを聞くのね。娼婦が口づけごとに亭主を変えると思う？　それに、もっと大きな部分を間違えてるわ」

「なんだ」

「私が口づけているのは、貴方なのよ。シーザー」

そう言って、マーガレットはもう一度シーザーに口づけた。今度は先ほどよりもずっと長く深いものだった。シーザーが彼女を拒まなかったからだ。そこにいたのはヒューソンとマーガレットではなく、シーザーとマーガレットだった。

『大宴会』を数回こなすと、ついにその日がやってきた。

目が醒めると、ヒューソンは元のヒューソンに戻っていた。その日の夕暮れに酒場を訪れたシーザーも、シーザーの姿をしていた。

「戻ったな」

「ああ、戻った」

二人はしばし黙ったまま向き合った。先に口を開いたのはヒューソンだった。

「酒場の収益は上がった。悔しいけどさ、お前の考えた『大宴会』が無かったらこうはならなかった。それに、費用の面も助かったよ。まさかあんなに無駄が多いなんてな」

「俺からしたら、あれだけ無駄が多いまま経営をしていたことの方が驚きだ」

「俺はそういうことにはこだわらないんだよ。わかるか？」

「それで、ここはどうなる？」

シーザーが何を言いたいのか、ヒューソンには分かっていた。

たかだか一ヶ月半程度入れ替わっただけで、黒人の置かれている状況を理解出来たとは思えなかった。シーザーでいることは大変であり、苦しくもあったが、その苦しさの本質に触れることが出来たとも思えなかった。ヒューソンの魂にはジョン・ヒューソンの苦しみが染みついており、他の苦しみを解することは難しい。

だが、この静かな困惑の中で、ヒューソンは一つ決意したことがあった。

「これからも、俺の店は白人も黒人も関係無く――いや、ジェンジオのような宇宙人も受け容れる。またステイシーの部屋をぶち壊されたら困るけどな」

それを聞いたシーザーは、なんだかとても安心しているように見えた。ヒューソンがシーザーに手を差し出す。シーザーは一拍遅れて、ヒューソンの手を取った。


その夜、ヒューソンは一人でジェンジオの部屋を訪れた。

ジェンジオの直しているらしき銀色の球体は、相も変わらずただそこに在り続けていた。直っているのかどうかも、ヒューソンには分からなかった。

「ああ、とてもいい機会だ。肌の色が戻ったタイミングで渡せてよかった」

そう言いながらジェンジオが取り出してきたのは、人間の皮のようだった。おまけに二枚ある。ぺらぺらとしていて顔つきが判別出来ないものの、ヒューソンとシーザーによく似ているように見えた。

「これを着れば、肌の色を変えることが出来る。なかなか脱ぐことは難しいが、そちらの方が好都合だろう」

「いや、それはもういいんだ」

ヒューソンは苦笑いをしながら言った。

「私はそちらに対し、何かしらの利益をもたらすことが出来る。差別や迫害を行うよりもずっといい結果になることを約束する。だから、今一度猶予が欲しい。まだ宇宙船が直っていないのだ」

「何かが出来るからいじめらんないって怖い話だよな」

ジェンジオは何を言われているのか分からない、といった顔で首を傾《かし》げた。それに構わず、ヒューソンは続ける。

「俺、嫁さんがいるんだわ。ずっと別居してたんだけど。この度ヒューソンの酒場が大人気ってことで、戻ってきてくれるそうなんだわ」

「それはめでたいことでいいだろうか」

「もしかして宇宙人には別居ってないのか？　めでたいよ。けどなあ、俺は流行らない酒場をやってる時にも奥さんに傍にいてほしかったんだわ。……っていうな。どうでもいい話だけど」

「翻訳機があまり精度のいいものではなく、こちらの星の言語を解読するのに手間取っているようだ。これからもコミュニケーションにやや難儀する恐れがある」

「シーザーとも上手くやっていけそうなんだ。グリーンともやっていけるだろ。船だか馬車だかが直るまで好きなだけいていいから、酒場を程々に手伝ってくれ」

ジェンジオは少し悩んでから、言った。

「肌の色が違ってもいいのか」

「この酒場においてはいい。そういうことになったんだ」

こうして、ヒューソンの酒場はニューヨークでも類を見ない、人種の境界無き酒場となった。黒人奴隷と貧しい白人、慎ましやかに暮らす家族連れや芸術家などが屯《たむろ》し、毎週日曜日には『大宴会』が催される居酒屋だ。

ちなみにジェンジオのことを頑なに隠し通そうとしたヒューソンは、妻に不貞を疑われ、再びの別居生活と相成った。

人種の境界無き酒場になって変わったことといえば――いや、ある意味で変わらなかったことといえば――シーザーとマーガレットの関係だった。本来の身体を取り戻したシーザーに、マーガレットは改めてキスをした。シーザーの側には躊躇《ためら》いがあったが、それでも彼女のことを拒むことはなかった。惹かれた魂の形を、二人は互いに知っていた。

「この身体に戻っても、キスの味は変わらないのね」

「妙なことを言うんだな、マギー」

「私は嬉しいのよ。ジェンジオに感謝しなくちゃならないわね。キスの味が魂に拠《よ》るなんて、他の誰も知らない発見だわ」

黒人奴隷のシーザーと酒場の華であるマーガレットが引かれ合う様は、ヒューソンにとって衝撃だった。黒人があのアイルランド美人を思いのままにするっていうのか？　と戦《おのの》きもした。

だが、二人が寄り添うところを見たヒューソンは、すとんと納得させられてしまったのだった。黒人と白人が愛し合うこともあるのだ、と知った時、ヒューソンの脳のどこかで何かがかちりと動き出したような感覚があった。

ジェンジオの宇宙船修理はとても緩やかなペースで進んでいった。

というより、ジェンジオが何をどう直しているのか、ヒューソンにはよく分からなかった。ジェンジオは大宴会でダーマを弾く他、主に酒場の裏方としてせっせと働き、手の空いた時間は、何故だか娼婦達の話し相手になることが多かった。ジェンジオはその外見から外を出歩くことが難しいので、その辺りも彼女達の相手に向いていたのかもしれない。

特にジェンジオを気に入っていたのはステイシーで、暇な時は一も二も無くジェンジオのところに向かった。部屋を壊した宇宙人と仲良くなるなんてな、とヒューソンが言うと、ステイシーは肩を竦めてから「部屋を壊されるのは白人でも黒人でも宇宙人《グリーン》でも嫌だけど、ジェンジオが好きだから目を瞑るよ」と言った。

ジェンジオの方もステイシーには他の人よりも心を開いているようで、トクロミニオの情報は主にステイシーから聞いた話が多い。

「トクロミニオの人はみんな肌が緑なの？」

「トクロミニオに住んでいる者はみんなそうだ」

「じゃあ、ジェンジオの惑星には差別が無かったんだね」

「いや、あった。むしろ、もっと酷い差別があった。私の惑星には、二本腕のものと三本腕のものがいて、互いに憎しみを向け合っていた。ここでの差別と同じか、それ以上に酷いことが起こった」

ジェンジオの表情は殆ど変わらないのだが、ステイシーにはその機微がわかるらしい。ステイシーはよく、ジェンジオはいつも寂しがっていると口にする。

「諍《いさか》いは戦争に変わり、犠牲者を多く出した。三本腕は殆ど絶滅してしまったほどだ」

「絶滅……」

「肌の色と違い、腕の数は脅威だったのだ。二本腕は三本腕に力で劣る。扱える物の数が違う。社会も三本腕に合わせたものに変わる。だから、滅ぼさなければならなかった」

　スティシーにはジェンジオの言う三本腕の生活がまるで想像出来なかった。そもそも、黒人という二本腕の存在ですらスティシーからは遠いものに感じられるほどだったのだ。なら、どこに理解の折衷点があるのだろう？

「私は……過ちを悔いている。もし私達が同じトクロミニオの民として団結していれば、トクロミニオは……」

　何故トクロミニオを離れたのかをジェンジオが語ることはなかった。もしかしたら、トクロミニオはニューヨークよりもずっと酷い状況下にあり、争いを好まないジェンジオは、それが原因でトクロミニオを出ることになったのかもしれない。……そうして、流れ着いたのがお世辞にも平和とは言い難いニューヨークではあるのだけれど。

「ジェンジオ、賭けに勝てる道具とか無いの？　そうしたら大儲け出来るよ。山分けにして遊んで暮らそうよ。あたし、毎日ガチョウ食べたい。あれ、苦手な奴らも多いけど好きなんだ」

「賭けに勝てる道具は難しい。賭けとは運によって勝敗が決まるものだが、賭けに必ず勝つ道具を用いた場合、賭けではない」

「イカサマしても賭けは賭けだよ」

「イカサマとは？」

「ズルすることだよ。賭けに勝つんじゃなくて、ズルするのは出来る？」

「それなら可能だ」

「あ、でも酒場で大勝ちしたら困るのはヒューソンかー。やめとこやめとこ」

ステイシーは楽しそうに手を叩いて笑った。夕暮れになれば、仕事を終えたシーザーが酒場にやって来る。大宴会でなくても、酒場は大いに盛り上がる。お祭りのようなその様が、ステイシーは好きだ。酒を飲んでいる時の人間の顔は、一様に赤い。


一方で、ヒューソンの酒場の変化を快く思わない人間もいた。そういった人間達は悪態と共に酒場を去っていき、時には執拗な嫌がらせを加えた。勿論、黙ってやられるようなヒューソンとシーザーではなかった為、それなりに応戦はしたのだが。

悩ましいことに、ヒューソンはこういった被害を受けたとしても、警察に頼ることが出来なかった。賭博に売春と、酒場には叩けば出る埃が大量にあった。

そして何より、白人と黒人が揃って酒を飲む場であるヒューソンの酒場は、それだけでも白眼視される要素に満ちていた。それ故に、彼らは自分の身は自分で守らなければならなかったのだ。

加えて、ヒューソンの酒場の『中』にも、現状を良く思わない人間がいた。ジェンジオを見て卒倒した、メアリー・バートンという名の女中がそうだった。

周りの人間や客がどれだけシーザーやジェンジオに好意的になろうとも、メアリーは決して彼らに心を許さなかった。むしろ人種の区別無き酒場が黒人を受け容れる場として強固なものになっていくにつれ、メアリーの反感は強まっていくようだった。

メアリーは両親の借金を返す為に、奉公をしている女だった。過酷な状況に置かれた、十代半ばの少女には、この変化が受け容れがたいものだったのだろう。それなのに、メアリーには酒場を出る術すら無いのだった。

メアリーは日に日に誰とも喋らなくなり、勤務態度も悪くなっていった。特に、シーザーとジェンジオに対する接し方は、異様さすら感じさせるようなものだった。

「メアリー、マギーの為にお湯を用意してくれないか」

ある日の夜、シーザーはメアリーに対してそう頼んだ。この日のマーガレットは体調が頗《すこぶ》る悪く、ずっと臥《ふ》せっていたのだ。シーザーはそんなマーガレットの世話を細やかに焼いた。

「なんであんたみたいなニガーにそんなこと言われなくちゃなんないのさ。自分でやれば？」

話しかけられたメアリーは、虫にでもたかられたかのような顔をして吐き捨てた。だが、シーザーはメアリーの態度に気を悪くした素振りすら見せず「俺がポットを探して沸かすより、勝手が分かっている君に頼んだ方が早いと思ったんだ」と答えた。

「マギーの足が冷たくて、一刻も早く温めてやりたいんだよ」

「マギーマギーって、何様のつもり？　白人のマーガレットをそんな風に呼ぶなんて！」

「おい、メアリー。何を騒いでるんだ？」

そこに現れたのはヒューソンだった。メアリーの憮然とした表情を見たヒューソンは大体事情を察し、大きく溜息を吐く。

「またシーザーに食ってかかってるのか。この間はジェンジオにも暴言を吐いていただろう。どうして行儀良くしてられないんだ？　ジェンジオもシーザーも、お前に何も悪いことはしていないだろ」

「は、ここで働くならグリーンとも仲良くしろって？　冗談よしてよヒューソンさん。まあ、あたしはこの生臭いニガーよりは、バケモンの方がまだマシだけどね！」

メアリーは侮蔑の気持ちがたっぷりこもった目でシーザーを睨みつけた。それを聞いて、どうにか穏やかに収めようとしていたヒューソンの表情も変わった。

「メアリー、シーザーに……いや、ジェンジオにも謝れ」

「なんであたしが……」

「謝れ。この酒場に勤めている以上、シーザー達のことを悪く言うのは許さない。謝るんだ、メアリー」

「おかしい！　昔はヒューソンさんだってニガーは人間じゃないっていってたじゃない！　急に錯乱したかと思ったら掌を返しやがって！　何を吹き込まれたんだよ！」

「俺は雇い主だぞ。これ以上は言わない」

そう言うヒューソンの顔は、今までに見たことが無いほど冷たかった。ややあって、メアリーは蚊の鳴くような声で答える。

「…………ごめんなさい…………」

シーザーは静かに頷いた。表向きには、何事も無く収まった場だった。

だが、メアリー・バートンの心に刻まれた屈辱は、じわじわとヒューソンの酒場を蝕《むしば》んでいった。

マーガレット・ソルビエロの不調の原因が悪阻《つわり》であることが明らかになった時、ヒューソンの酒場は沸いた。ジェンジオが「シーザーの遺伝子とマーガレットの遺伝子を持った生き物が、腹の中にいる」と、微かに恐ろしげに言ったからだ。

「おいマジかよ！　やりやがったな！　ニューファンドランドのアイルランド美人が、お前のアイルランド美人になっちまった！」

ヒューソンはこの事実を大層喜び、シーザーの肩を抱いて茶化してやった。シーザーは迷惑そうな顔をしていたが、ヒューソンのことを振り払うことはない。そんな二人の様子を見守るマーガレットはこの上なく幸せそうな顔をしていた。

「この星の人間は、恐ろしいことに腹の中で子供を育てるのか」

「ああ、そうだよ。お前のところは違うのか？　ジェンジオ」

「違う。図解すると、トクロミニオでの繁殖はこのような形になる」

そうしてジェンジオは図を描いて説明してくれたが、ヒューソンにはそれがよくわからなかった。

何かとても恐ろしげなことが行われるらしい、ということが理解出来ただけだ。あのシーザーですら目を剥いていたというのに、マーガレットだけは「妊娠ってそういうものよね」とけらけらと笑っていた。

「お前が先に父親になるとはな。シーザー」

「……ああ。だが、俺の子供だとバレたら、その子も奴隷になる。それに、黒人の血が混じった子供と知れたら、どうなることか……」

マーガレットに自分の子が宿っていると知った時から、シーザーは大分浮かない顔をしていた。愛する人との子供が出来たことよりも、その子がどんな運命を辿るかの方を考えて恐ろしくなってしまったのだろう、とヒューソンは思う。

「生まれてしばらくはマーガレットの子供ってことで、酒場で育てればいいだろ。後のことは一旦考えなくていい。マーガレットが無事に赤ん坊を産むことだけが重要なことだ。そうだろ？」

「その通りだが……」

「いいか。お腹の中の子は酒場全体で育てよう。ここはしばし、その子の為の王国となるんだ。で、俺は子育ての王となる」

「……お前が王なら、実父の俺はどうなるんだ。俺の子なのに、俺はお前の部下か？」

「そういうところは気にするんだな。えーと、じゃあお前は総督だ。子育て総督。俺が王で、お前は総督。それでいいだろ？」

「なんだそれは」

「総督ってのは王様並みに偉いからな！」

ヒューソンが言うと、シーザーはようやく笑った。この酒場に来るようになってから、シーザーは以前からは考えられないほどよく笑うようになっていた。

「それじゃあ私は総督の妻になるのね。女王じゃなく」

「いいや、お前は女神だマギー。この酒場に加護を与えてくれ。……きっと、その子には沢山の困難が降りかかる。お前が守ってくれ、マギー」

「ええ、大丈夫よシーザー。きっと全て上手くいくわ」

「マーガレットの言う通りだ！　お前は心配しすぎなんだよ。いざとなったらジェンジオもいるしな。あいつはぶっとんでるけど、頼りにはなるし良い奴だ」

「ああ、そうだな」

そう言って、シーザーはマーガレットの腹を撫でた。

この時から、シーザーは状況を変えたいと思うようになっていった。奴隷ではない自分で、マーガレットと生まれてくる子供と共に生きていきたいと思うようになったのだ。


子供は無事に生まれた。女の子だった。シーザーによく似た顔立ちと、マーガレットに似た目を持った彼女のことを、二人はオリビアと名付けた。肌の色は、マーガレットの淹《い》れたココアに似ていた。

宣言通り、オリビアの世話は全員が持ち回りですることになった。あのジェンジオもオリビアを怖々と抱き、緊張から硬直していた。ステイシーは「ジェンジオも喜んでる！」とはしゃいでいた。

「ジェンジオも子供欲しくなった？」

「子供は常々欲しいと感じている。私が産む準備が出来次第だな」

「え、ジェンジオが産むの!?」

ステイシーは絶句していたが、ジェンジオはそれが冗談かどうかを言わずにオリビアを見つめていた。


だが、オリビアの首が据わるよりも先に事態が動いた。

「ブロードストリートの雑貨屋の主人が、俺の奴隷契約書を持っているそうだ。農場の主人は、雑貨屋の主人に金を払って俺を借りているらしい」

ある日の夜、ラム酒を飲みながらシーザーは言った。オリビアが産まれてからの彼は、物思いに耽《ふけ》ることが多くなった。それを見たヒューソンは、思いつきのように言った。

「ジェンジオ。お前の道具でどうにかならないか？　雑貨屋に入って、シーザーの契約書を処分したい。処分ってのは、この世から完全に消すってことだ」

ヒューソンの説明に対し、ジェンジオは大きく頷いた。

「トクロミニオでは、人を縛るのに捕縛具を使う。だが、ニューヨークではそうではないとヒューソンが教えてくれた」

「ああ、そういうこった」

「おい。何を企んでるんだ」

「ブロードストリートの雑貨屋だろ？　そこで働いてる男の一人が、大宴会によく来るんだ。しかヒューソンのやろうとしていることが分かったのか、シーザーはハッとした表情になった。

「上手くそいつの懐から鍵を奪えたら、忍び込もうぜ。ジェンジオ、お前も来てくれるか？　いざという時に脱出の手助けをしてほしい」

ヒューソンが思い出していたのは、ジェンジオが初めて酒場にやって来た時のこと――ルーカスを眠らせた時のことだ。ああいったことが出来るのであれば、もし雑貨屋の主人と鉢合わせてしまってもどうにかなると考えたのだ。

「ああ。脱出だな。この建物から脱出する。壁を破り、外に出るということだ」

ジェンジオは持ち前の妙な言い回しで了承してくれた。得体の知れない宇宙人だが、ヒューソンにとってジェンジオは盟友に等しいものになっていた。

シーザーは不安がっていたが、ヒューソンがマーガレットとオリビアのことを話に出すと、急に覚悟を決めて頷いた。ヒューソンの目論見通り、雑貨屋の合鍵は簡単にくすねることが出来た。ある意味ではそれこそが不運の始まりだったのかもしれなかった。


ブロードストリートの雑貨屋は大通りに面しており、常に繁盛している人気店だった。ヒューソンの酒場とは、それこそ比べものにならないくらいだ。これほど金がある、というのがどういう気分なのか、ヒューソンにはわからなかった。

暗い店内を、ランタンの明かりだけを頼りに進んでいく。主人の部屋には鍵が掛かっておらず、簡単に忍び込むことが出来た。白く塗られた木製の机の引き出しを全て漁ってから、シーザーは静かに言った。

「わかるか、ヒューソン」

「何が……何がだ」

「俺はそういう存在なんだ」

机の引き出しに契約書は無かった。仕入台帳と売り上げの入った小さな箱、それにガラクタの他は何も入っていなかったのだ。ヒューソンは「雑貨屋の主人がお前の主人であるのは確かなのか」と尋ねようとして、やめた。

「俺は、紙切れですら縛られてないんだ。俺は黒人奴隷である、それを所有者が知っている。それだけで、俺の人生は縛られている。契約ですらない。それがわかるか」

わからない、とヒューソンは思う。わからない。ヒューソンは黒人に生まれなかった。たとえ一時入れ替わったところで、わからない。自分とシーザーのどこに違いがあるのかも。

「俺は何もわからないし、出来ない。だが、酒場に黒人を入れた。それだけは出来た」

ヒューソンが言うと、シーザーはやや落ち着きを取り戻し、肩で何度か息をした。

「……悪い。さっさと出よう。主人と鉢合わせるぞ」

「待て。このまま出て行くのは勿体無《もったいな》いと思わないか？」

ヒューソンは机を叩きながら言った。

「金さえあれば、お前はニューヨークを離れられる。マーガレットとオリビアを連れて、新天地に行くことが出来る」

その考えを一蹴しなかったのは、シーザーが追い詰められていたからだろうか。それとも、まっすぐなヒューソンの言葉に感化されたからだろうか。

シーザーはすぐさま机の中にあった現金を全て持ち出した。ヒューソンも金目のもの——真鍮製の燭台や装飾品類を懐に入れる。これらを換金すれば、酒場の一週間分の売り上げに等しいぐらいの額になるだろう。ジェンジオはよく分かっていないのか、部屋の観葉植物の葉を千切って懐に入れていた。

その時、雑貨屋の軒先から物音がした。危機感を覚えたヒューソンは、咄嗟に振り向いてジェンジオに言った。

「ジェンジオ！　脱出に必要なもの持って来たか？」

「ああ。脱出すればいいんだな。この建物から脱出する。壁を破り、外に出るということだ」

ジェンジオが丸い玉のついた青色の棒を取り出した。ルーカスを眠らせた時のものとは色が違う。それは何だ？　とヒューソンが尋ねるより先に、玉が急激に光り始めた。


こうして、ヒューソンは盗品売買に手を染めた。長く続けるつもりはなかった。シーザーをニューヨークから逃がすまでの、仮の稼業だ。それにヒューソン達が盗んでいるのは、富める者達からなのだ。

雑貨屋の一件は放火強盗であるということになっていた。雑貨屋は全焼し、跡には何も残らなかった。

それもこれも、ジェンジオの所為である。……お陰、と言った方がいいのかもしれないが。

脱出に必要なものを持ってきてほしいと言われたジェンジオは、あろうことか周囲の壁を吹き飛ばすものを持って来たのだった。

一回きりしか使えないというその爆弾の威力は凄まじく、周囲が吹き飛んだのを良いことに、ヒューソン達はさっさと逃げ出した。変に痕跡が残るよりは吹き飛ばしてしまった方がいいのかもしれないが、これはやりすぎなような気もする。

「作るのに半年かかるので、そんなには出来ない。だが、シーザーとヒューソンの為になら使おうと思った」

ジェンジオは何度かそう繰り返していたので、きっと力になれて嬉しいのだろうな、とヒューソンは思った。

ジェンジオの思いは感じたものの、まずい流れになったな、とは思った。雑貨屋の件が放火だとみなされたのは良くなかった。

シーザーが話に出していた、ヨークシティの事件を思い出す。放火は反乱と結びつけられやすく、ニューヨークの奴隷と雑貨屋も数珠《じゅず》つなぎだった。

警察は明らかにヒューソンの酒場に目を付けていた。直接的に犯人だと名指しされることはなかったが、何らかの関係があるのではないか――と、疑われてはいた。

そうしている内に、町のあちこちで不審火が起こるようになっていた。ヒューソンは雑貨屋以外で放火を行ったことはない。だが、あの放火を受けて、不満を持つ人間達にきっかけを与えてしまったのかもしれなかった。

警察は決定打を狙っていた。あのヒューソンの酒場を潰すことの出来るチャンスが巡ってきたのだ。


そうして、とある貴金属店に忍び込んだ時、ヒューソン達は当局に捕縛された。


いつものようにジェンジオとシーザーを連れて忍び込むと、中の様子がおかしかった。妙に整頓されており、蠟燭もまだ消されていない。営業時間はとっくに終わっているし、中には誰もいないはずなのに。そうして中を窺っていると、突然背後から殴られた。

シーザーはしばらく抵抗していたが、銃を突きつけられると大人しくなった。それよりも辺りをざわめかせたのは、マスクを外されたジェンジオだった。

「なんだこの肌の色は！　黒人にはこんな色の奴もいるのか!?」

「私の名前はジェンジオ・マ・トクロミニオ。惑星トクロミニオから来た」

「意味の分からないことを……！　ニガーにこんな変種がいたとは知らなかったぜ。病気でも持ってんじゃねえのか？」

そう言って、男の一人がジェンジオを小突いた。ジェンジオは縄で縛られても相変わらずの無表情で、男のことを見つめている。

「変種のニガーでも関係ない。どうせこいつらは死ぬんだ。むしろ、裁判に掛ける前に一人くらい殺しておくか？」

そう言うのは、背後からやって来た警察官だった。何度かヒューソンの酒場を訪れ、話を聞いていたことがある。——判事についている男だった。

「こんな簡単な罠に引っかかるとはな。密告は正しかったというわけだ。お前らの邪悪な企みは、全て筒抜けだった」

「筒抜け？　どういう意味だ……」

ヒューソンが縛られながら言うと、背後から赤毛の女が出てきた。

見間違えようもない。メアリー・バートンだった。

メアリーは憎々しげにこちらを睨みながら言った。

「……あんた達の行動を探って、計画の情報を流したら、奉公から解放してくれるっていうのよ。それに、故郷に帰るのに十分な金もね！　だったら……だったらそうするしかないじゃない！」

「……奉公は、あと三年もすれば明けただろう。どうしてこんな……」

「奉公明けのあたしに何が残ってるっていうの？　親の借金を返し終わった二十歳の小娘に、どんな道があるっていうのよ？　知ってるんだから！　ニューヨークでは所詮、あたしみたいな女は娼婦になるしかない。あたしのことも売ろうとしてたんだろう！　ヒューソン！」

メアリーは殆ど吼えるような声で言った。

「全員告発してやる！　クソ娼館の主であるあんたも、薄汚いニガーも、獣の子を孕《はら》みやがったマーガレットも、宇宙人《グリーン》にべったりなステイシーも、全員絞首刑だ！」

「どうしてだメアリー……。あの酒場にいて、何故そこまで彼らを……いや、俺達を憎む……」

「うるさい！　馬鹿にしやがって……馬鹿にしやがって！」

メアリーは殆ど泣きそうな調子でそう言った。密告された側であるというのに、ヒューソンは彼女のことを哀れんでしまったくらいだった。

そうしている内に、判事までもが到着した。五十代半ばの、口ひげを蓄えた男だ。奇《く》しくも彼の名前もジョンであった。

ジョン判事は、縛られたヒューソンに対し厳《おごそ》かに言った。

「ジョン・ヒューソン。こうしてお前を捕まえることが出来てほっとしている。今まで数年にわたって犯し続けていた罪を、今こそ償ってもらうぞ」

「それはちょっと頂けないな、判事殿。俺らがこの稼業に手を染めたのは、ここ最近のことだぜ」

「お前は大きな勘違いをしている」

ジョン判事は大きな溜息を吐きながら言った。

「お前の罪とは、あの酒場そのものだ。白人と黒人が恥ずべき交際をし、ニューヨークの伝統を乱したことが、お前の罪なのだ。お前が一ペニー分の少量のラム酒を、その奴隷の主人の直接的な意見や指示なしに奴隷に売っただけでも、罪なのだよ。ヒューソン」

ジョン判事の態度はまるで後ろ暗いところがなく、彼こそがこの世の理《ことわり》の体現者であるかのようだった。なら、と、ヒューソンは思う。――なら、自分達の生きる場所はどこにある？

「じゃあ、こいつらを引き立てろ。メアリー・バートン、お前はよくやってくれた。お前こそ真に正しい市民だ」

「はい、ありがとうございます、判事。彼らは反乱を起こし、ここに新たな国を造ることまで企んでいました。そこの男が王で、ニガーの方は総督になるなどと」

メアリーの発言に、ジョン判事が大きく顔を歪めた。一方のヒューソンとシーザーは、こんな状況なのに笑ってしまいそうだ。彼らは、二人が秘かに夢見ていたことが何かも理解出来ていないのだ。互いに顔を見合わせたヒューソンとシーザーが無理矢理に立たされる。

その瞬間だった。

短い汽笛のような音が鳴り、ジョン判事が倒れた。え、と声を上げたメアリーも続いて倒れる。ヒューソンとシーザーの縄を摑んでいた男達も、次々に倒れていった。彼らは急に眠りについたのだ。

そうして、辺りは突然静かになった。立っているのはヒューソンとシーザー、そしてジェンジオだけだ。

「ジェンジオ、お前……」

「私の惑星には二本腕のものと三本腕のものがいて、争いが起こったという話はしたはずだが」

後ろ手に縛られたジェンジオの胸から、もう一本の腕が伸びている。三本目の腕には、丸い玉のついた銀色の棒が握られていた。

「そして、三本腕《わたしたち》は殆ど絶滅してしまった」

全く表情の変わらないジェンジオが、少しだけ俯く。それでも、ヒューソンの目には彼が悲しんでいるように見えた。彼の緑色の肌が、朝日を浴びて微かに燦《きら》めいていた。

こうしてヒューソン達は貴金属店を脱走した。

だが、彼らの顔は既に割れており、身元も既に明らかになっていた。彼らのやったことは、単なる時間稼ぎでしかなかった。

翌日、ヒューソンの酒場に警察が踏み込むと、梁《はり》には首吊り死体が五体連なっていた。死んでいたのはジョン・ヒューソンとその妻、および黒人奴隷のシーザーとその妻のマーガレット・ソルビエロ、そしてステイシー・カレンの五人だった。警察がその日に逮捕しようとしていた五人だった。シーザーをまず強盗の容疑で起訴・処刑しようとしていた判事は出鼻を挫かれた形となった。おまけに、一番の大物であるジョン・ヒューソンからは反省と悔恨の言葉一つ引き出せなかったのである。

悩んだ末、大陪審はとある決定を下した。彼らを死によって逃がすことなど断じてあってはならない。最も不道徳な、最も忌まわしく極悪非道な集会のせいでもたらされていたかもしれぬ無秩序、混乱、荒廃、そして惨事を許すわけにはいかない。

彼らは、シーザー達が既に審理を受けたことにしたのだ。忌むべき罪人達は有罪判決を受け、速やかに絞首刑にされたのだ。

彼らはヒューソンの酒場から死体を運び出すと、まずはシーザーの死体をフレッシュウォーター池近くの絞首台に吊した。そして、間を置いてからヒューソンの死体をその隣に吊した。当局に反抗する者どもの末路を見せつける為だ。

不気味なことに、隣り合って吊された二人の肌色には変化があった。腐っていくにつれ、シーザーの皮膚は白くなり、ヒューソンの皮膚は黒くなったのだ。それは、ヒューソンの酒場での交わりを思い起こさせるような変化で、白人と黒人が共に酒を飲むと肌の色に影響があるのだ、という説がまことしやかに囁かれた。

残ったヒューソンの酒場は焼かれ、後には何も残らなかった。当局は黒人が白人娼婦に産ませた子、オリビアの行方を探したが見つからず、死亡したと判断した。

今となっては、ヒューソン達が本当に反乱を企てたかも定かではなく、全てがメアリー・バートンの狂言であった説も唱えられている。


だが、真相はこうである。

ジェンジオと共に命からがら逃げ出したヒューソン達は、そのまま対策を講じた。

「逃げ出したのはいいけどな。当局は必ず俺達を捕まえに来るぞ。証拠なんか関係ない。全員殺される」

そう言うシーザーに対し、ヒューソンはとある思いつきを口にした。

「どうせ殺されるなら、先に死んじまえばいいいんじゃないか？」

「むざむざ死ねって言うのか!?」

「ああ。そうだ。あいつらは俺達を殺すまで止まらない。だから、全員で先に死んじまうんだよ。ジェンジオ、皮はまだあるか？」

ヒューソンが言っている『皮』というのは、ジェンジオが初めの頃に作ったヒューソンとシーザーの被り物だ。結局、一回も使わなかったが、あれを利用出来ないかとヒューソンは考えた。

「あれをどうにか膨らませて、出来た人形に首を括《くく》らせて、俺らはその隙にニューヨークから逃げるんだ。お前にマーガレットにステイシー、出来れば俺の奥さんもダミー人形を作りたい。出来るか？　ジェンジオ」

「突貫工事でいいなら、出来る」

ジェンジオから出てきた『突貫工事』という言葉に、ヒューソンは軽く笑った。

「また、そういうことなら私の人形は必要がない。私は、ニューヨークから発つ。この星とはお別れだ。そちらの方がいいだろう」

そう言うと、ジェンジオはさっさと宇宙船の方に向かって行った。ジェンジオの口調には名残惜しさなどまるで感じられず、明日隣町に行く、というような調子を伴っていた。

「よし、じゃあジェンジオが作業をしてる間に俺らは荷物を纏《まと》めるぞ。さらばニューヨーク、さらば俺の酒場！　未練はあるが、ここで別れだ！」

ヒューソンは、自分がこのニューヨークに来た時のことを思い出していた。田舎町から出てきて辿り着いたこの場所には、あまりに多くの出会いがあった。ややあって、シーザーが言う。

「後悔してるか？　俺が来ず、白人専用の酒場のままだったら、きっとこんなことにはならなかった。お前の場所が台無しになることもなかった」

果たして、ヒューソンは言った。

「お前が来なくても、ジェンジオは他のどこでもなく俺の酒場に突っ込んできた。俺の場所を台無しにしちまうグリーンが」


早々に荷物を纏め終えると、スティシーは作業に没頭するジェンジオの隣に寄り添っていた。

「どう？　ジェンジオ。作れそう？」

「問題無い。むしろ、初期に作ったものの方が、恐らく不具合が多い。誤魔化せはするだろうが、細かな問題がある」

「細かな問題って？　顔がちょっと違うとか、イケてないとか？」

「まあ、そんなところだ。その点、スティシーのものは、きっと綺麗に出来上がるはずだ」

「首吊り死体の代わりにする皮が綺麗でも、ちょっと複雑だけど」

スティシーが笑うと、ジェンジオは少しだけ顔を左右に揺らした。笑ったのかもしれない、と彼女は思う。

「ねえジェンジオ。ウチュウセンはいつ直ってたの？」

「大分前だな」

「でも帰りたくないから、黙ってたの？」

「イカサマ、を私もした」

「それ、イカサマって言わないよ」

言いながら、ステイシーは少しだけ泣いた。

「ジェンジオ。あたし達、ちゃんと逃げるからね。いつかまた、この国に遊びに来てよ。待ってるからさ。あたしはいないかもしれないけど。あたしの子供はいるかもしれないし。会いに来てよ、ね」

「私もそうなったらいいと思っている。ここは少し、トクロミニオに似ている」

「それって褒め言葉ー？」

ステイシーは笑って、ジェンジオの方にもたれ掛かった。ジェンジオの胸から三本目の手が伸びてきて、ステイシーの頭を撫でる。これは、ジェンジオの学んだこの星流のコミュニケーションだった。


その後、彼らの行方を知る者はいない。遠い宇宙に旅立ったジェンジオの行方など尚更だ。彼は本当に地球に再び訪れたのか？　それとも、一七四一年のこの出来事など、すっかり忘れてしまったのか？

ところで一八一一年のニューヨークでは、奇妙な事故が観測されている。何でも、とある老婆の家の納屋に隕石が落ちてきたというのだ。彼女の名前はオリビア。日頃から、自分は空からやって来た宇宙人《グリーン》にあやされたことがある、と主張している奇妙な老婆である。

主要参考文献

『世界を変えた6つの「気晴らし」の物語　新・人類進化史』スティーブン・ジョンソン／大田直子訳（朝日新聞出版）
『日没から夜明けまで　アメリカ黒人奴隷制の社会史』G．P．ローウィック／西川進訳（刀水書房）
『FOREVER』Pete Hamill

回祭

『回樹』の特徴的な薄青色は、一般的には空の色と表現されているが、古洞蓮華《こどうれんげ》が初めて見たそれは海の色に映った。蓮華は生まれた時からずっと海が嫌いだ。人を呑み込む地獄である癖に、全ての優しさの根源であるような顔をしているところが嫌いだ。

回樹そのもののことも嫌いだった。あれは、この世にあってはならない、人の愛情を簒奪《さんだつ》し、喰らい尽くす化物だ。

だが、あれのお陰で、蓮華は完全犯罪を成すことが出来る。

蓮華は三年前からずっと、『回祭』の手伝いをしている。十月二十日から二十三日までの四日間で行われるこの祭りは、十年前にこの世に出現した回樹に感謝し、慈《いつく》しむことを目的としている。

回樹はそれを愛する者達にとっては恋人であり、親であり、子であり、師であり、友だ。だからこそ、この祭りは『麓』にいる誰もが貴《たっと》んでいるし、それと同時に一時の親密な再会を楽しむ日だと思っている。

蓮華からすれば馬鹿げた話だ。回樹はお前だけの特別な誰かなどではない。仮に回樹に呑み込まれた死者達がそこにいるのだとして、限りなく希釈された魂に一体何の意味があるというのか。

とはいえ、回祭に真面目に出席してきた事実と、愛に縋《すが》ることによって人々の目が曇ることのお陰で、蓮華は誰にも知られることなく、洞城亜麻音《とうじょうあまね》の死体を回樹に呑み込ませることに成功したのだった。

＊

蓮華が洞城亜麻音の元で働き始めたのは、もう三年も前のことになる。奨学金の返済に追われるフリーターの蓮華を見かね、バイト先の先輩が紹介してくれたのだ。

「お金に困ってるんでしょ？　ここ来る前はトラック乗ってたって聞いた」

「ああ……そうですね。大型取らせてくれるってところだったので。けど、あんまり割の良いやつが回ってこない上に、事故って金払わされたんで。……割の良いバイトなんですか？」

「こんな中華料理屋で天津飯運んでるのに比べたら、笑っちゃうくらいの額が手に入るよ」

「じゃあなんで、先輩はこんな中華料理屋で天津飯運んでるんですか？」

「そりゃあ、あそこで働くくらいなら安い給料で天津飯運ぶ方がマシだからさ。と言っても、私は直接働いたことはないんだけどね。悪評を聞いただけで」

人づての情報はあまり信用しない蓮華だったが、紹介された職場が悪辣《あくらつ》なものであるというのは真実だろうと思った。そうでなければ、蓮華のところまで高級な仕事が回ってくるはずがない。誰もが嫌がることばかりが、排水口のように集まってくる日々だった。その中で、せめて金が稼げるのなら御の字だった。

日時を指定され、蓮華がやって来たのは地図検索でも出てこないような街の外れ、辛うじて都心と言い張れなくもないうらぶれたところにある豪邸だった。

一目見て、蓮華は映画に出てくる女優の家を連想した。インターホンを鳴らすと、自動で門が開くような家だった。奥の座敷に、この家の主がいた。

「亜麻音でいいから。名字が嫌いだから」

挨拶より先に、洞城亜麻音はそう言った。

歳の頃は、二十三歳の蓮華と同じか少し下くらいだろう。若い女だった。腰に届くほどの長すぎる髪の毛が鬱陶しく、着ているネグリジェは高級さだけが主張していて野暮ったかった。それらのマイナスを差し引いてなお、亜麻音は美しい女だった。化粧っ気の無い顔は青白く、大きな目の下に可哀想なクマが刻まれていても人目を引く。まさしく『お嬢様』というような、時代錯誤な可憐さだ。

彼女は左足が不自由で、家の中は何かに摑まりながら動けるものの、外を出歩く時は車椅子を使っているそうだった。よく見ると、彼女の左足は奇妙な方向にねじれていた。

「連絡差し上げた通り、私がご紹介に与《あずか》りました古洞蓮華です。よろしくお願い――」

「そういうのはいいわよ。お前に求めるのは、私の世話を十全にこなすこと。前の奴みたいな給料泥棒のクズとは違うことを願うわ。給料は日割りで払うから、一日でも長く耐えたらそれだけ稼げるわよ」

たおやかな声とは裏腹の冷たい毒ばかりが吐き出され、蓮華は面食らった。彼女の様子からは、これから良い雇用関係を結ぼうという気が全く感じられない。亜麻音はそのまま、蓮華など存在しないかのようにタブレットを弄《いじ》り始めた。何も知らない蓮華は、素朴に言葉を発する。

「……お仕事ですか？」

「そんなわけがないでしょ。馬鹿なの？」

「なら亜麻音……様は、どんなお仕事をなさっているんですか」

「どんなお仕事？　はあ、お仕事ね」

言いながら亜麻音が鼻で笑ったので、蓮華の顔が赤くなる。ややあって、亜麻音はぽつりと言った。

「私の仕事は黙って死ぬことだけよ」

*

「トラックはいつものところに停めてます。三村さんとこから引き取ってきた食べ物類は、全部倉庫に運び入れたので」

「凄い量だったでしょう。一人でやったの？」

「いや、しばらく一人で積み下ろししてたら神崎さんが手伝ってくれました。お陰で二時間かかりませんでしたよ」

「それでも大変だったわよねえ。まさか、古洞さんがこんなに早く到着するなんて。連絡をしてくれていたら、私も起きていたのに」

「いえ、そんな。それこそ着いた時には真夜中でしたし……お恥ずかしい話ですけど、部屋が雨漏りしちゃって。業者を呼んでも修繕に時間がかかるっていうから、いっそ麓に来てしまった方がいいんじゃないかって」

「都内は酷い雨だってニュースで見たわ。無事に来れるのか、少し心配していたの」

紬屋《つむぎや》は笑顔で言った。彼女は五十代半ばの上品な雰囲気の『麓人』で、普段からこの回樹の麓に暮らしている。蓮華が回樹の麓に来たばかりの頃から、色々と教えてくれた人であった。回樹を信奉する人とは価値観が合わないと思っていたのだが、紬屋に会ってからは考えが変わった。彼女は蓮華の人生の中でも一、二を争うほど人が良く、周りをよく見ていて思慮深かった。

そんな彼女に死体のことを隠し、こうして嘘を吐《つ》いているというのは、あまり気持ちのいいことではなかった。だが、蓮華にはどうすることも出来なかった。

「仮眠は取った?」

「はい。トラックでも寝ましたし、さっきまで宿舎でも眠っていたので」

「じゃあ……申し訳無いけれど、受付をお願いしてもいい?」

「わかりました。今回の回祭は特に人が多いですね」

「毎年毎年、回祭が行われる度に人自体は多くなっていくのよ。だって、人はいつか必ず死ぬものなんだから。そして、回樹と共に私達を見守ってくれるようになる。死者が増えるにつれ、回樹への思いも高まる」

紬屋がうっとりと口にする。

近頃では、墓に埋葬されるよりも回樹に死体を呑み込ませることを選ぶ人間の方がずっと多い。それに対して「日本の伝統的な葬儀が失われてしまう」と苦言を呈したコメンテーターは、信じられないくらいの炎上をして番組を降板した。今や多くの人々にとって、回樹は愛しい相手そのものなのだ。それを批難して、ただで済むはずがない。

だが、あのコメンテーターは正しかった。このままでは、埋葬という文化はすっかり無くなるだろう。

かつて、死者を迎え入れてくれる場所は回樹ではなく天国だった。長く人間の拠《よ》り所《どころ》となっていたものが、十年前に現れた得体の知れないものに取って代わられていることに、何とも言えない薄気味悪さを覚える。幼い頃は、自分も漠然と天国のことを信じていた。いつかの為に想像していたあの場所が、どうして奪い去られてしまったのだろう?

そんなことを考えながら、人でごった返している受付へと向かう。蓮華が任された受付業務とは、回祭に訪れた人間を宿泊施設に誘導する仕事だ。回祭の期間は、こうして手続きをすれば誰であろうと無料で施設を利用することが出来るのである。

勿論、勝手に死体を持ち込まないように身体検査だけはしっかりと行われる。大抵の場合、出てくるのは回樹への贈り物ばかりだ。

「えーと、道内《どうない》さんで大丈夫でしょうか？」

「はい。道内宏明です」

道内と名乗った老人は、照れくさそうに笑った。旅行具以外の持ち物は、綺麗な木製のイヤリングが一つだけだった。

「女房にまともなプレゼント一つ渡したこともなかったもんで。今年はちゃんと調べて選んできたんです。これでいいのかは分かりませんけどね」

「そんな。きっと奥さんも喜ばれると思いますよ」

「お姉さんみたいな若い人にそう言われると、ありがたいです」

道内はしきりに頭を下げながら、割り当てられた宿泊施設へと向かっていった。

彼の奥さんは亡くなっている。あのイヤリングを受け取れるはずがない。ましてや、喜んでくれるはずがない。なのに、道内は彼女が喜ぶかを心配している。

人々が一斉に回樹を参る回祭が『お盆』と少し違うのは、彼らに死者を参りにきたという意識が希薄なところだろう。彼らは訳あって離れて暮らす人間を語るように、死者を語る。

結局、全てが茶番なのではないかと思うことがある。背後に聳《そび》える巨大なものが、誰かの『大切な人』だとは認識出来ない。亜麻音を呑み込ませた今でさえ、回樹はただの化物だった。……それは、蓮華が亜麻音を欠片《かけら》も愛していなかったからかもしれないが。

もう一度回樹を見上げる。人の愛を吸い上げる、恐ろしいもの。

あれは洞城亜麻音なんかじゃない。

本物の亜麻音は、もっと醜悪なものだった。

*

洞城亜麻音に仕える生活は、噂に違《たが》わず最低なものだった。

いかにも気位の高そうな見た目を裏切らず、彼女は古くから文献に謳われる姫のような振る舞いをした。高貴で気位が高いだけならまだしも、彼女は狡猾《こうかつ》で悪意に満ち、人のことをどうやって傷つけてやるかだけを四六時中考えているような女だった。

そんな亜麻音のことを見ていると、蓮華は彼女の体の不自由さすら、周りを煩《わずら》わせる為の武器のように思われるのだった。

亜麻音は蓮華にスマートフォンを持たせると、時間を問わず彼女を呼びつけた。週五日、決まった午前九時から午後五時の勤務時間だけではなく、早朝も疲れ果てて眠っている真夜中も、亜麻音の気の向く時は全て呼び出しの対象となった。

『具合が悪いの。すぐに来てちょうだい』

亜麻音は甘やかな声で蓮華を呼びつけると、三十分以内にやって来ないと解雇すると脅した。亜麻音から電話が掛かってくると、蓮華はどんなものでも擲《なげう》って駆けつけなければならなかった。安眠も穏やかな食事もプライベートな時間も、全て亜麻音に奪われたようなものだった。

　そうして駆けつけた蓮華のことを、亜麻音は家にすら入れてくれなかった。何度インターホンを鳴らしても、堅牢な門が開けられることはなかった。

「亜麻音様、来ましたよ。門を開けてください」

　困った蓮華が亜麻音に電話を掛けると、亜麻音は酷く楽しそうに喉を鳴らして言った。

『私、今ようやく眠気が来たところなのよ。なのに、お前のインターホンがうるさくて目が醒めてしまったわ。どうしてくれるの』

「お加減が悪いのではなかったのですか」

『お前の来るのが遅いから、もうそんなの治ったわよ。むしろ、お前が不躾《ぶしつけ》に私を起こしたから気分が悪くなってきた。これ以上私の邪魔をするなら、あんたをここから追い出してやるから』

　電話はいつも突然切られた。そうして諦めた蓮華が帰ろうとすると、またも亜麻音からの呼び出しがある。蓮華は彼女の気まぐれに振り回されることが、お手伝いとしての仕事よりもずっと比重が高いのではないかと錯覚するほどだった。

『ねえ蓮華、怒っているの？　私は別に、蓮華に意地悪をしたいわけじゃないのよ。私は私の身体の具合がよくわからないの。早くここに来て。温かいものが飲みたいの』

　そう言ってねだられると、蓮華の胸の内はいつも怒りに滾《たぎ》った。どうせまた門を開けてくれないに決まっている。こっちが家の近くを離れれば、弄《もてあそ》ぶようにこう連絡がくる。

　睡眠時間を削られ、蓮華はいつも苛々していた。でも、もし本当に亜麻音の体調が悪いのであったら？　自分が駆けつけなかった所為《せい》で、亜麻音の身に何かが起こったら？

そう思うと、蓮華は主の連絡を無視することが出来ないのだった。

そして、丹精込めて淹《い》れた茶を「ぬるい」と、湯のみごと顔に投げられ、蓮華は本気で殺意を抱いた。

「怪我をしたらどうするんですか」

「すればいいじゃない！　その時は相応の慰謝料を払ってあげるわよ。大した顔でもないんだから、金を稼げた方がいいでしょう！」

亜麻音は楽しそうに笑っていた。


亜麻音がここまで捻《ひね》くれてしまったのは、一応の理由があった。

彼女は洞城物産というとても大きな会社の社長の娘だが、正妻の子供ではなかった。所謂《いわゆる》、婚外子である。亜麻音の物心がつく前に実母が亡くなると、彼女は洞城の家に引き取られた。だが、そこでの生活は想像を絶するようなものだったという。

「たかだか二、三歳くらいの子供が、床に食べ物を投げられるの。最初の頃はそれが正しいんだって思い込んでたわ。でも、自分がこの家の中で歓迎されていないことは気づいてた。歓迎されている子は、目障りだという理由で物を投げつけられたりしないわ」

この話を聞いてなお、蓮華は亜麻音に同情は出来なかった。

確かに亜麻音の境遇はあまり幸せとはいえないかもしれない。生まれながらにして疎《うと》まれ、愛情を一欠片も貰わずに育ってくれれば、魂から捻くれるのも理解出来る。

だが、ぶつけられてきた憎しみや得られなかった愛情以外に目を向けることも出来たはずだ。そんなに寂しいのなら、恋人の一人でも作ればよかった。その顔と金があれば、いくらでも当てはあるだろう。いじけて人生を台無しにしているのは、他ならぬ亜麻音本人だ。

そう思うと、むしろ反発を覚えた。蓮華は自らの選択を失敗だったと思っているけれど、それを他人の所為にはしていない。全部自分で責任を取っているのだ。

蓮華の反発心を見透かしているのか、亜麻音は笑みを浮かべた。悪魔のような笑みだった。

「もう一ヶ月にもなるわね。さっさと辞めてくれて構わないのよ、こっちは。そんな目で見つめられて、私はとっても不快なんだもの」

言葉とは裏腹に、蓮華に悪意を向ける亜麻音は酷く生き生きとして見えた。内面の悪辣さに比例するように、洞城亜麻音の美しさは目映《まばゆ》く輝くのだった。

それでも蓮華が亜麻音の元を離れなかったのは、本当に、信じられないほど、給金が良いからだった。中華料理屋で天津飯を運んだり、トラックに長時間乗っているのが馬鹿らしくなるほどの額だ。一ヶ月働いて得る給料が、亜麻音の下では三日で手に入る。この分なら奨学金だってすぐに返せるかもしれない。そう思うと、蓮華の胸は躍った。

蓮華は貧乏というものを心底嫌っていた。

蓮華がまだ幼い頃、男手一つで彼女を育ててくれていた父親が海で死んだ。

父親は海の近くにある雑貨屋で働いており、主に観光客を相手に水着だのゴーグルだのを売って生計を立てていた。小さな蓮華も、呼び込みやらなんやらでお手伝いをしていた記憶がある。給金は安く、父親は休みを取らずに毎日働いていた。

「パパには日曜日無いの？　なんで？　なんで無いの？」

蓮華が無邪気に尋ねた時、父親は困ったように笑った。あの時の言葉を取り消したくて、今でも夢に見てしまう。

どういう経緯かは知らないが、父親は海で死んだ。最後の目撃情報によると、彼はサーファー達と何やら揉めていたらしい。

その小競り合いの結果、父親は殺されたのかもしれないが――結局、何も分からなかった。海へと連れ去られた父親の死体は、結局揚がってこなかったからだ。蓮華にとっては、神隠しに遭ったようなものだった。

父親が死んだということが理解出来ず、蓮華は父親が最後に目撃された海へとゆっくりとにじり寄っていった。海はどこまでも青く、深く、底が知れなかった。父親の死体一つを呑み込んだところで、何の影響も無さそうな大きさだ。

蓮華は波に足を浸しながら、恐ろしくて泣いた。たとえ蓮華を呑み込んだところで、海は満足などしないだろう。変わらないのだ。蓮華にとって極めて大きな存在だった父親を呑み込んでも、海にとっては取るに足らないことだ。

なら、返してほしかった。葬式で空っぽの棺を見た時、蓮華は死というものを理解したような気がした。せめて死体があったなら、蓮華の心はこれほどまでに奪い去られなかっただろう。心にこんなに空虚な穴が空くことはなかったはずだ。海が――変わらぬ深い青が憎かった。

「あの子を一人で育てるのに疲れたんでしょう。休みも無く子育ても必死でって、鬱になっても仕方ない」

「やっぱり自殺なんかねえ。死体が揚がらんってのも、おかしかろ」

「無理だったんだなぁ。娘一人抱えて。死にたくもなるわ」

違う、と蓮華は思った。自殺であるはずがない。父親が蓮華を置いて死ぬはずがない。裕福な生活ではなかったが、二人は仲良く幸せに暮らしていたのだ。

海は全ての疑念を覆い隠し、呑み込んでしまった。

父親が自ら死を選んだとは今でも思っていない。

蓮華は児童養護施設で暮らし始めた。父親が残してくれたものは殆《ほとん》ど無かった。蓮華と二人きりの生活を営んでいる時でさえ、まるで足りていなかったのだ。同年代の子供に比べて、蓮華は酷く痩せていた。

蓮華は思った。ここから抜け出すには、何かが必要だ。たとえば学歴、たとえば確かな職が。

蓮華は必死に勉強し、どうにか地元の高校に進学した。そこから、奨学金の力を借りて有名な国立大学に進学した。学費はおろか教材費すらも大きな負担になったので、蓮華は昼夜バイトをして賄《まかな》った。

そして、蓮華は大学内で落ちこぼれるようになった。

空いている時間の全てをバイトに使っていた蓮華が、成績優秀でいられる道理は無かった。難関大と呼ばれるところに進学したはいいものの、そういった大学が入ってからも大変であることに思い至らなかった。

留年の通知を受け取った時、比喩でなく目の前が暗くなった。過呼吸で倒れ、初めて医務室に運ばれた。留年したということは、一年分余計に学費がかかるということだ。今でさえ奨学金という名の借金を抱えているのに、それで賄えなくなってしまう。家賃だってかかる。生きていくのには、とにかく金がかかる。

「大丈夫？　あなた……顔色が酷いわよ。ちゃんと寝てる？　食べてる？」

医務室の看護師が、そう言ってきた。蓮華は「大丈夫です」と返した。そう返すしかなかった。されど、大学を辞める選択肢は無かった。ここまできたのだ。絶対に辞められない。どうにかして卒業して、安定したところに就職しなければ。

蓮華はバイト浸けの生活を続け、やっとの思いで五年の大学生活を終わらせた。だが、あからさまに余裕の無い、成績も悪い、留年までしている蓮華を雇ってくれる有名企業は無かった。

蓮華は就職活動を中断し、そのままバイト生活を続けることにした。大学を出た蓮華に残ったものは、借金だけだった。だが、今なお蓮華は止まるわけにはいかなかった。そうしなければ、あっという間に現実が追いついてきてしまう。

＊

祭りと名が付いているものの、回祭では特に何か祭祀が行われるわけでもない。回樹に大切な者を呑み込ませた人々が、彼らとの一時の再会を楽しむだけのものである。最後の最後、四日目に行われる『回済《かいさい》』以外は、麓で自由に過ごすのが通例だ。

全長一キロを誇る巨大な樹である回樹の周りは、今ではすっかり開発され、宿泊施設などが立ち並んでいる。ちゃんと自然に配慮し、極力樹木を切り倒さないように建てられているところ——その所為で多少の不便や歪《いびつ》さを人間側が我慢するような形になっているところ——は、麓はあくまで回樹の為に作られたものなのだから、という意識が強いのだろう。

とはいえ、何の色気も無い催しというわけではない。気持ち程度の出店は並んでいるし、決められた場所で酒を飲んでいる人間も多い。

受付業務を二時間ほど担当してから、蓮華は休憩がてら麓を見て回ることにした。浮かれた空気の中に身を浸していると、気分が少しずつ落ち着いてくる。

回樹の周りには沢山の人がいて、じっと回樹を見つめたり言葉を交わしたりしている。若い女が回樹に口づけているのを見て、蓮華は思わず目を逸らした。

「ねえ、あんたは誰に会いにきたの？」

傍らに立っていた茶髪の女性が声を掛けてくる。もう既に酔っ払っているのか、彼女の顔は真っ赤だった。

「私はねえ、旦那！　酷いんだよ。結婚して二日で事故って死んじゃってさ。短すぎるって結婚生活！」

「そう……だったんですか」

「でも、直輝はここにいてくれるからさ！　ちょっと長い単身赴任だと思えばいいよねー。いい時代になったもんだ。で、そっちは？」

「私は――回祭を手伝っているボランティアスタッフです」

「あ、そう!?　そうなの!?　わーいつも直輝がお世話になってますぅ」

「世話というほどのことは……」

事実、回樹は『植物』に分類されてはいるものの、人間の世話というものを一切必要としない植物だった。

道具《どうご》事件が起こり、道具を愛する人々が回樹が枯れないようあれこれ世話について協議したのだが、雄大に寝転ぶ回樹は何の世話をせずともそこにあり続けた。特徴的な回復姿勢が崩れることもなかった。

何を栄養源としているのか分からないので、やはり回樹は生き物ではないのだろう、という意見が出た。回樹が更に多くの人間を呑み込むようになってからは、誰もそんな議論をしなくなったのだが。

強いて言うのなら、回樹は人からの愛のみを糧として生きているのかもしれない。時々思うのだ。回樹が何も取り込まず、誰からも顧みられず、愛されなくなったらどうなるのだろう、と。

その時にこそ、回樹は姿を消すのかもしれない。

蓮華に声を掛けてきた女性は、笑顔で手を振りながら去って行った。

このことも、回祭において特筆すべきものの一つかもしれない。回祭にやって来た人達は、見知らぬ人同士でもよく喋る。受付で応対した道内やさっきの女性なんかが良い例だ。どんな人間でも、喪った相手の話題には事欠かない。

大切な人を亡くしたのにも拘わらず、彼らの顔には安らぎがある。それは、彼らにとって回樹が亡くした人そのものであるからだろう。

「回樹は確かに寄生生物ではありますが、人間とは共生関係にあると言っていい。もう既に誰も彼も死別の悲しみになど耐えられなくなっているんです。素晴らしいと思いますよ。私も見えない天国を信じるより、回樹を参る人間でありたい」

学者がもっともらしくそう語っていたことを思い出す。回樹により、人間は死別の悲しみから解放された。あるいは、価値観の変化によりそう感じるようになっていくだろう。だが、果たして本当にそうだろうか?

回樹の呼び名は人によって変わる。大祐、敏之、陽葵、隆太郎、野菊、虎泰、千舟、純、満穂、陽、大介、香奈子、知一、あやめ、治、菜々美、つゆり、大、範雄、香歩、みゆ、洋治、愛、直哉、藝寿、義男、エマ、葛、卓、ひかり。

それでも、この樹は『亜麻音』にはならない。

＊

生活に追われる蓮華とは対照的に、亜麻音は悠々自適に暮らしているように見えた。機嫌が良い時の亜麻音は大抵の場合が本を読んでいるか眠っているか、そうでなければぼんやりと映画を観ているかだった。全く、本当にお姫様の生活である。彼女は日がな遊んでいても暮らしていられるだけの金があり、衣食住に困らない。全ての家事は蓮華が担っている。つまり、本当にやることが無いのだ。やることがあるとすれば、蓮華への嫌がらせくらいだった。

「暇じゃないんですか」

「暇？　なんで私が暇なのよ。ああ、暇かもね。お前には暇なんてないものね」

どんな話題からでも憎まれ口に繋げることの出来る亜麻音は、そう言って蓮華を嘲笑《あざわら》った。

「暇で良かったわ。お前みたいに日々の雑事に煩わされるような人間じゃなくて良かった。巷《ちまた》じゃ不景気っていうけれど、そこらを歩いてる人間はみんな死人みたいな顔をしているものね」

「でも、亜麻音さんは黙って死ぬのが仕事なんですよね」

蓮華の口から、ぽろりとその言葉が出て、彼女も亜麻音もハッとした顔をした。ややあって、亜麻音が頷く。

「よく覚えてるじゃない。私が言いつけたことの半分もまともに出来ないくせに、そういうどうでもいいことは忘れないのね」

「それは……亜麻音さんの言うことが……ころころと変わるから……」

「口答えしないで。クビにされたいの？　そうしたらお前は、またネズミみたいに駆け回ることになるのよ」

亜麻音がぎゃあぎゃあと喚《わめ》くので、蓮華は口を噤《つぐ》んだ。こういうやり取りを繰り返す度に、蓮華は亜麻音のことがどんどん嫌いになっていく。

「だって、私は産まれてからずっと嫌われてるんだもの。早く死ねって言われてきたの。今も変わらないけれど」

心の中を見透かしたかのような言葉に、蓮華は思わず息を呑んだ。

「お前には分からないでしょうね。私の気持ちなんて。何もしてないんじゃなくて、何もさせてもらえないのよ。私の欲しいものは全部取り上げられて、私が望んだものは全部壊されてきたんだから。それなのに、私がたった一つ持っているものも、奪い去ろうとするんだわ」

亜麻音の目はどこか遠いところを見ているようだったが、彼女の声に滲む強い憎しみだけは、蓮華にも伝わってきた。こうしている時の亜麻音はまさしく狂人のようであり、蓮華のことをぞっとさせた。ここに閉じ込められているのは、もしかしたら本当に鬼か何かなんじゃないかと思うほどだった。

「だから、私は絶対死んでやらないの。どんなことがあっても、絶対に死なない。病気にも負けない。生きてるだけで嫌がらせが出来るんだから、むしろ痛快なくらいだわ。私は生きて、あいつらの金を食い潰し、長生きしてやる。鬱陶しいと思われても、ここに居座り続けてやる」

亜麻音の小さい身体から放たれる呪詛《じゅそ》は、部屋の中を埋め尽くして蓮華を息苦しくさせた。亜麻音の憎しみは深く、愛情を与えられなかったことに対する飢餓感は全てを呑み込むかのようだった。

だが、そんな亜麻音の姿を見てもなお、蓮華はこう思った。

金があるのに、どうしてそんなに不幸そうな顔をするわけ？

基本的に何をすることも求められない亜麻音だったが、彼女には月に一度だけの義務があった。それが、亜麻音と親族との『食事会』だ。

亜麻音は綺麗に着飾って、高級そうな車に乗って出かけていく。帰るのはいつも日付が変わる頃で、亜麻音はいつも憔悴《しょうすい》していた。蓮華は、この日は必ず部屋に控えているよう言いつけられていた。

とはいえ、蓮華がすることは殆ど無かった。帰ってきた亜麻音は泣き崩れ、部屋の中にあるものを何でも使って暴れ回った。

蓮華が止めようとすると、自分の髪を毟《むし》り顔を引っ掻いて自傷に走るので、止めることも出来なかった。一頻《ひとしき》り狂乱を終えると、亜麻音は部屋の中央で動かなくなった。

亜麻音が食事会で一体どんな言葉を投げかけられ、どんな扱いを受けているのかは分からない。だが、彼女の様子を見れば、内容なんて些末なことでしかなかった。人一人の魂をこれだけ踏み躙《にじ》る行為が、その場では行われているのだろう。

「私は絶対に負けたりしない。あいつらの思い通りになんてなってやるものか。絶対に死なない。死んでなんかやらない」

亜麻音がそう絶叫する時、蓮華は言葉の裏側に「死にたい」の声を透かし聞いたような心地がした。『死なない』と自らに言い聞かせていなければ、亜麻音は既にこの世にいないのかもしれなかった。

った。

「大丈夫ですか、亜麻音さん」

思わずそう声を掛けると、亜麻音の血走った目が蓮華を捉えた。亜麻音は目の前に体《てい》の良い獲物がいることを思い出したように舌なめずりし、近くに落ちていた小さな時計を投げつけてきた。時計は蓮華の肩に当たり、鈍い痛みを覚えさせた。

「私を見下してるんだろ！　ふざけるな！　どうして私がお前なんかに見下されなくちゃならないんだよ！　おい！　聞いてんのか！」

「申し訳ありません。そういうつもりではありません」

「冷静ぶっちゃってさあ！　見下してんじゃねえよお！　ふざけんなよ、端金《はしたがね》でほいほい言うこと聞くくせに、貧乏人の負け犬！　お前に比べたら、私の方がずっとマシだ！　お前の父親も、だから死んだんだろ！　お前らが雑魚《ざこ》だから！」

父親のことを引き合いに出され、蓮華の口から小さく「は？」と声が出た。蓮華の動揺を見て取ったのか、亜麻音は泣き跡の付いた顔でけらけらと笑い始めた。

「素性調査くらいするに決まってるだろ。田舎から出てきた冴えない女だって、私はちゃんと知ってるんだからな。お前が未だにそんな生活してるのは、お前の世話を投げ出して自殺した無責任な親の所為だ！　親が親だから、お前はこんな奴隷みたいな生活をしてるんだ！　私がどれだけ酷い生活をしてても、お前よりはマシだよなあ！」

亜麻音は大声で蓮華を詰《なじ》ると、その声量のまま笑い始めた。

蓮華の頭に血が上り、息が上手く出来なくなる。

「お父さんは自殺じゃない。絶対に自殺なんかしてない！」

気がつけば、蓮華は亜麻音の頬を思い切り殴っていた。

亜麻音は「ぎゃん」と、間抜けな声を上げて床に転がった。鼻血がぼたぼたと垂れ、見るに堪《た》えない有様だった。その様子を見ていると、蓮華は段々と落ち着きを取り戻し、自分が今何をしたのかを見られるようになった。

「お前、今、自分が何をしたか分かってるの」

亜麻音が一語一語ゆっくりと区切って言う。白い歯が、鼻血で真っ赤に染まっていた。口の端からは血の色をした泡が噴き出ている。

「も……申し訳ありません！　大丈夫ですか!?」

「今更遅いわよ」

亜麻音は低い声で言うと、一拍置いてヒステリックに笑い始めた。

「ねえ蓮華、クビになりたくない？　こんなことをしでかして、それでもまだクビになりたくない？」

「申し訳ありません！　私に出来ることなら何でもします。お願いします。クビにはしないでください」

亜麻音は冷たい目で蓮華にまず土下座を命じた。蓮華はそれに従うしかなかった。亜麻音の鼻血はなかなか止まらず、這い蹲《つくば》っている蓮華の鼻にも、生々しい血の臭いが届くほどだった。

「なら、どうしてやろうかね。金で動く、お前みたいな馬鹿の為に。私はどう慈悲をかけてやろうかしら？」

蓮華は、嗜虐的な亜麻音の笑みを床から見上げた。

「飼い犬に手を嚙まれたようなものだものね。私が怒る方が大人げないわね。それじゃあ、服を脱ぎなさい。三日はそのままでいてもらうわよ。私はあいつらと違って寛大だから、表に出すのだけは許してあげる」

亜麻音は宣言通り、三日は赦さなかった。

屈辱に耐え、どうにかクビにならずに済んだ後、蓮華は彼女に話しかけることをやめた。

彼女に命じられたことだけを粛々とこなし、呼びつけられたり追い出されたりしても何の反応も返さず、憤《いきどお》ることをやめた。この性悪《しょうわる》な女に心を動かされたら負けだ、と蓮華はようやく気がついたのだった。亜麻音が求めるのは偏《ひとえ》に蓮華の苦しみであり、嫌がらせそれ自体に関心が無い。蓮華を傷つけたいのではなく、自分の手元にいる女を傷つけたいだけなのだ。なら、その目論見に乗る方が悔しい。

そんな蓮華の態度をいち早く察知して、亜麻音はヒステリックに叫んだ。

「そんな態度でいるとクビにしてやるわよ！」

「亜麻音様がどうしてそんなことを仰《おっしゃ》るのか分かりません。私は亜麻音様の言うことに従います。何でもお申し付けください」

機械のようにそれだけ繰り返していると、亜麻音もすっかり諦めてしまい、何も言わなくなった。クビになるかと思ったのだが、亜麻音は何故かそれだけはせずに蓮華を雇い続けた。他の人間はすぐ辞めるからだろうか——と、蓮華は思った。それ以外の理由が思いつかなかった。

そんなある日、「しばらく来なくていい」とのメッセージを最後に、亜麻音からの連絡がぱたりと途絶えた。当然、連絡が来ないことは気が楽だった。が、どうしても気になってしまう。あの女が、何の裏もなくそんなことを言うだろうか？

悩んだ末に、結局蓮華は亜麻音の家へと向かった。

インターホンを鳴らしても返事が無かったので、蓮華は門を無理矢理開けて中に入った。度重なる嫌がらせの末に、蓮華は門のセキュリティーを一部切るという手荒な方法を編み出していた。

「亜麻音様？　いらっしゃいますか？」

声を掛けても返事が無く、蓮華は亜麻音の部屋の戸をノックしてから開けた。

真っ暗な部屋のベッドの上に亜麻音が座っていた。膝を立てて、今すぐにでも逃げ出せるよう備えた姿勢だった。

「……何しに来たの」

それはこちらの台詞だ、と蓮華は思った。こんな暗い部屋で、たった一人で亜麻音は何をしているというのか。亜麻音の肌は一層白く、全身が汗でびっちゃりと濡れていた。目の焦点は合っておらず、明らかに調子が悪そうだ。どうしてこういう時にこそ蓮華を呼ばないのか。普段はどうでもいいことで呼びつけるというのに。

そこでふと、思い出すことがあった。

「親兄弟なんか信用出来ない。昔、寝込んでいる時にわざと水を掛けられた時があるのよ。冷たくて……死ぬかと思った。弱っていて私がやり返せないから、そういう時は本当に酷いことをされた」

これは、以前亜麻音が話していたことだ。憎まれ口と癇癪《かんしゃく》の合間に、亜麻音は正気に戻ったかのように昔の話をした。

蓮華は彼女の話をあまり真面目に聞かなかった。どうせ大袈裟《おおげさ》に言っているだけだろうと思っていたし、まともに向き合ったら向き合ったで、自分がどうなるか分からなかったからだ。

——もしかしたら、あれらの話はちゃんと向き合って、受け止めてやらなければならないものだったんじゃないか？　そう気づいた瞬間、冷たい汗が流れた。

「私は……弱っている亜麻音様に酷いことをしたりしません。当たり前でしょう。貴女に雇われているんだから……」

「あんただって、私のことが嫌いなくせに」

「それでも、弱ってるからって痛めつけたりしません。私は金さえもらえれば、あんた個人のことなんてどうでもいいんですから。むしろ、早く身体を治してほしいですよ。死なれたら、私に金を払う人間がいなくなる」

蓮華の言葉は驚くほど切実だったのに、彼女は自分が何を言っているのか半分も分かっていなかった。だがそれでも、亜麻音はどんどん落ち着きを取り戻してきていた。ややあって、彼女が消え入りそうな声で言った。

「汗が酷いわ。着替えを持ってきて」

「承知しました」

蓮華はすぐにその通りにした。着替え終わると、亜麻音はようやくベッドに入った。そして、感謝の言葉の代わりに、言った。

「こんな立場であっても、確かに金ならあるのよ。いいことを教えてあげましょうか、蓮華」

「……何ですか？」

亜麻音は小さく手招きをする。そして蓮華の耳元に口を寄せると、密やかに囁いた。

「私、遺産の受取人を蓮華にしているのよ。私が死ねば、お前の苦しみは全部終わるわ」

「……え？」

「お金が欲しいのなら、私を殺しなさいよ。それで全部終わるわ」


尋常寺律というミステリー作家が出した訳の分からない怪文書のお陰で、密かに信仰の根を広げていた『回樹』なる化物のことを蓮華が知ったのは、この頃であった。

＊

亜麻音を殺す。

そして、死体を回樹に食わせる。

それはシンプルな思いつきであり、計画とも呼べないものだった。

それ故に確実性も高いものだ。結局、完全犯罪を成す為には殺したい相手と登山に行くことが一番いい、というのと同じである。

——あるいは、海に出て相手を突き落としてしまえばいい。蓮華の父親と同じく死体が揚がらなければ、疑われこそすれ逮捕までには至らない。殺人か自殺か事故なのかも分からないのだから。

亜麻音は元より精神が不安定な女だ。衝動的に自殺を企ててもおかしくない。蓮華が亜麻音のことを何らかの方法で殺し、死体を回樹に食わせてしまえば詳しい死因は調べられないわけだ。

回樹は一度呑み込んだ死体を二度と吐き出さない。

回樹に呑み込ませた死体にまつわる殺人が立証された場合は、死体以外の証拠が出た時ばかりである。あるいは、死体を無理矢理回樹の麓へと運ぼうとした時に捕まった、事前の手続きの際に死体に不自然な点が見つかる、など。

蓮華が亜麻音を殺す時は、そういった証拠を確実に残さないよう工夫を凝らすと決めていた。

加えて、尋常寺律により『回樹』の性質が広く知れ渡った後は、回樹が悪用されないように、人の出入りが厳しくなった。誰であろうと回樹に死体を呑ませることが出来たが、申請が必要になった。死体に不自然なところがないか、自然死であるかどうかを調べてから、回樹に呑み込ませるという決まりが出来たのである。

その為、遺族の反対があって回樹に死体を呑ませられなかった人間も出てきた。回樹を一躍有名にした尋常寺律も、法的には婚姻関係を結んでいなかったパートナーの遺体を回樹に呑ませる為に、死体を盗み出したという経緯があった。

尋常寺律と同じことをしようとした人間もいたという。

「うちは代々土葬の文化で、それ以外の埋葬方法は認めないという家だったんですよ。僕はどうしても津紀子と離れたくなかったのに！　でも、その因習のお陰で、僕はどうにか間に合ったんだ！　ラッキーでしたよ。ほら、見てください。これが津紀子です」

男が手にしていたのは、髪の毛の纏《まと》わり付いた骨の一塊だった。腐り方が均一ではなく、腕の辺りには白っぽい肉が残っている。男は麓人の制止を振り切り『津紀子』と共に回樹に向かったが、回樹が白骨化したそれを呑み込むことはなかった。

白骨化した死体は呑み込まないのか、それともある程度の時間が経過した死体は呑み込まないのか。津紀子の死からは既に一年半が経過していた。この結果に興味を持ったとある学者が、死後何日までの死体なら回樹が呑み込むのかを実験したいと言い出したが、強い反対にあって実現しなかった。

年を経るごとに回樹の神格化は進み、治外法権じみたものが生まれてきていた。回祭の四日間に警察等が踏み込めないのもそれが理由だ。回樹は今や法律よりも強い力を持ち、政治にも影響を及ぼしている。ここにいるのは『大切な人』なのだ。最も贔屓《ひいき》されて然るべき相手だ。

みんな、母親や恋人の前でいい顔をしたかった。彼ら、彼女らを大切にしたがった。大切な人にいい顔をする以上に楽しい権力の使い方などは存在しない。

人はみんな、回樹に優しい者に優しく、回樹を嫌う者を嫌った。麓人には不自然なほど甘く、誰も彼もを親戚のように扱った。

だから、蓮華はまず麓へと入り込むことにしたのだ。

*

「貴方が古洞蓮華さん？　回祭のボランティアに……ということだったけれど、何かきっかけがあったの？」

蓮華の面接を担当したのも、他ならぬ紬屋だった。古いパイプ椅子にゆったりと座って、彼女が笑顔で言う。

「きっかけは……回樹のことを知って、回樹の神秘に感動したんです。私は……幼い頃に父を亡くしているんですが、もしその頃から回樹が存在してくれていたら、と何度も思って。同じように大切な人を亡くし、回樹を必要としている人がいるのなら、そういう人達の助けになりたいと思ったんです」

嘘だ。蓮華の父親は死体が揚がらなかった。どうしたって回樹の恩恵を受けることは出来なかった。

蓮華の理由を聞いて、紬屋はしばし黙った。自分の嘘がバレたのだろうか、と蓮華は一瞬怯える。だが、彼女は思いもよらないことを口にした。

「誰か、親しい人が病に罹《かか》っているということはありますか？」

「……いえ、そんなことは」

「変なことを聞いてしまってごめんなさい。麓で暮らさない外部の人で、回樹に関わりたいっていう人は、大抵の場合が身内に闘病中の方がいらっしゃるの。大切な人を回樹に預ける前に、回樹と予《あらかじ》め触れ合っておこうと思う方が。だから、ついね」

「そういうわけではありません」

「勿論、古洞さんみたいな方も沢山いらっしゃるわ。私自身も回樹が好きよ。見ていると、とても安心するの。単にそれが息子だからじゃなく、もっと大きな愛を感じるのね」

紬屋が息子の亨介を亡くし、回樹に呑ませたことは後で知った。

「応募フォームにも書いた通り、私は大型免許を持っています。輸送を担当させて頂ければと考えています」

「トラックが運転出来るってことだものね。それは本当に助かるわ。回祭の時には沢山の方がいらっしゃるから、食べ物なんかも大量に運ばなくちゃならなくって」

蓮華が頷く。その時、ポケットに入れていたスマートフォンが鳴った。

「すいません。切っておくのを忘れていて……」

「そんなことといいのよ。出なくて大丈夫？」

「大丈夫です。大した用事じゃないと思うので」

ポケットの中でスマートフォンの電源を切る。出なかったら亜麻音は諦めるだろう。後で叱責されるだろうが構わない。今日は休日なのだ。

「よろしくお願いします。これから頑張ります」

そして蓮華は、回祭の時期にはトラックを走らせ、飲食物や資材などを何往復もして回樹の麓に運んだ。大型免許を持っていたことを、これほど喜ばしく思ったこともない。蓮華の姿は麓に馴染み、誰も違和感を覚えなかった。時折蓮華は、他の輸送部隊の指揮まで執った。三年の積み重ねが、古洞蓮華に信頼を与えてくれる。

＊

——回樹が愛情を判定するのであれば、回樹はとてもしっかりとした愛情の受容体を持っていると考えられる。


というのは、尋常寺律が書いた文章の一部だ。亜麻音のことを見ていると、蓮華はいつもこの文を思い出す。

亜麻音には、回樹にすら備わっている愛情の受容体が無い。だから、いつになっても何を与えられても満たされない。蓮華はそう感じた。

寝込んでいる亜麻音の元に行ってから、二人の関係は少しずつ変化し始めた。

「不服なの？　私のことを殺したくなった？　私が死んだらお前にいくら入るか教えてあげようか？　どう？」

まず、亜麻音の嫌味にこのバリエーションが増えた。蓮華は「殺したくなってません」と律儀に答えてやったが、亜麻音はそれだけじゃ満足せずに「本当に？」「私を殺したってバレやしないわよ」「親族だってそれを望んでいるんだから、積極的に調べたりしないわ。むしろ、貴女を褒め称えるかも」と繰り返すので、蓮華は黙って掃除をした。

「雇い主を無視するなんていい度胸ね。クビにするわよ」

「今日は白米を食べられそうですか？　あまり食欲が無いようでしたら、うどんにします」

「……米でいいわ」

相変わらず気まぐれな呼び出しは多かったし、理不尽な八つ当たりをされるのも変わらなかった。だが、理性的に話が出来る瞬間も多くなってきた。他愛ないやり取りや雑談をするようになり、ようやく彼女を同じ年頃の人間として認識出来るようになった。

「蓮華は奨学金を返し終わったら何かしたいことがあるの？」

そんなことを尋ねられた時は、正直驚いてしまった。これがあの意地悪で冷徹な亜麻音だとは思えないほどだった。

「……何かしたいことがあるわけじゃないですよ。普通の生活が出来ればそれでいいんです、私は」

「私が死ねば普通よりずっといい暮らしが出来るわ」

「またそれですか……」

「想像してみたことくらいあるでしょう。私が死んだら新しい人生が開けるって」

何度も想像したことがあるのに、蓮華は敢えて知らぬ振りをした。

「そもそも、本当に私に遺産が入ってくるかも分かりませんしね。ただのハウスキーパーですよ」

「けれど、蓮華くらいしか私に関わろうなんて人間はいないもの。蓮華もそう思うでしょう？」

「亜麻音様が虐《いじ》めて追い出すからじゃないですか」

「蓮華は私に虐められている自覚があるわけ？　へえ」

亜麻音は何が可笑しいのか、くすくすと笑った。今日は随分と機嫌が良いのだな、と蓮華は思った。

「いいことを教えてあげましょうか。私の左足が動かないのはね。三階から突き落とされたからなのよ。そこからなかなか病院に連れて行ってもらえなかったから、こうして捻れて付いてしまった」

「いいことでもなんでもないじゃないですか」

「あそこで死ななくてよかったじゃない」

亜麻音が髪を耳に掛けながら言う。亜麻音は言いづらいことを言う時、この仕草をする。彼女のすぐ傍で過ごしている蓮華が知ったささやかな秘密だった。

だが、亜麻音のすぐ傍にいたからこそ、蓮華は彼女の精神が完全に壊れてしまっていることが分かっていた。

「私に文句があるならはっきり言いなさいよ！　お前も私が死ねばいいと思ってるんでしょう！」

料理の載った皿が投げつけられ、近くの壁に当たってがしゃんと割れる。

「どうかしたんですか。一体何がお気に召さなかったんですか？」

「とぼけるのもいい加減にして！　蓮華、お前まで私を裏切るつもりでしょう！　そうはさせないんだから。私を殺したら、絶対にバレるわよ。あんたの思い通りにはさせない。み、道連れにしてやる！」

「落ち着いてください亜麻音様、私は――」

「結局お前も他の奴らと同じ！　信じられない！」

亜麻音はそう言って子供のように泣き喚いたかと思えば、数日に亘って何も喋らず、食事すら摂らないような日々を送ったりもした。

「亜麻音様、せめてスープだけでも……」

亜麻音は暗い顔で首を振ると、苦しそうに浅い息を漏らしていた。

癇癪を起こして暴れ、蓮華に向かって怒鳴り散らしたかと思えば、今度はさめざめと泣いて蓮華に縋った。

「ごめんなさい。出て行かないで。私には蓮華しかいないの。私のお金は全て蓮華の好きにしていいわ。ね？　私と一緒にいたくなったでしょう？　離れないで」

この時の亜麻音を前にすると、蓮華は何も出来なくなった。どうすればいいのか分からなかった。

一晩眠って次の日が来れば、亜麻音はまた荒れ狂い、遺産を狙う泥棒呼ばわりをした。亜麻音の自傷行為は酷くなり、見えない部分の肌には肉の抉《えぐ》れたひっかき傷が無数に出来ていた。

病院に連れて行くことも考えたのだが、亜麻音は強く拒絶した。行かなければこれ以上亜麻音の元で働くことは出来ないと言った時、彼女は冗談ではなく死にそうな顔をした。

「しっかりしてください。ここで貴女が死んだら、貴女を憎む人間はみんな喜ぶでしょうね。それで本当に良いんですか」

蓮華が肩を摑みながら言うと、亜麻音の瞳に微かな生気が戻った。

「いいえ、駄目。私はあいつらの思うつぼにならない。死んだりしない。絶対に」

「そうですよ。ここまで生き延びたんですから。貴女はまだ死ぬべきじゃない。負けてはいけません」

負け、という言葉に亜麻音は敏感だった。彼女の強い憎しみと怒りが、彼女を生かすよすがとなっているようだった。反対に言えば、それ以外は何も無かった。

翌日、彼女の部屋のゴミ箱から、ぐしゃぐしゃになった手紙が見つかった。誰から来たものかは分からないが、愛情に満ちたものとは思えなかった。淫売や恥知らずという、亜麻音には相応《ふさわ》しくない言葉が散見される手紙だった。

そんな有様だったから、彼女が朝に起きて、三食を食べられた日を幸運な一日として数えなければいけなくなった。そうした日の夜は、蓮華は少しだけ安らかな気持ちになるのだった。

そしてまた次の日には、亜麻音が蓮華を詰り、窓ガラスを割って大惨事になる。少し解り合ったと思えば、拒絶される。拒絶されたかと思えば縋り付かれる。蓮華のことを信用しているようで、心の奥底では少しも気を許していない。

回樹という得体の知れないものすら持っている愛情の受容体を、亜麻音は持っていない。そのことが段々と分かってきた。亜麻音が安らぐ日など一生やってくることはないのだ。彼女は底に穴の空いたバケツのようなものだった。満たされない。

それでもこの三年、蓮華は亜麻音の傍にいた。

彼女を殺すことなく、ずっと居た。

*

回祭の四日目になると、この祭りで唯一決められた行事が執り行われる。回済である。

回樹の周りに、組み木で囲まれた沢山の贈り物の山が出来ている。回樹の為に選んだ、大切なものだ。それを、祭りの終わりに燃やすのである。

回樹は当然ながら物を受け取ることが出来ない。代わりに、こうして焚き上げることによって贈るのだ。道内がわざわざ木製のイヤリングを選んだのも、これが理由だ。こうして焚き上げる関係上、贈り物は燃えやすいものと決められている。

あちこちで炎が立ち上っていくと、いよいよ回祭も終わりだ。初めて見た時は、何よりもまず勿《もっ》体無《たいな》いという感想が出たことを思い出す。だが今は、この光景をあるがままに受け止められるようになった。それが贈り物であると認識出来るようになっていたのだ。

焼け終わった後の灰を集めて処分するのが、回祭におけるボランティアスタッフの仕事だ。灰を集める仕事は重労働で、やっていると体中が煤塗《すすまみ》れになる。それなのに、回樹は煤によって汚れることがない。いつまでも美しく、目映い。

それを見ていると、涙が出てきた。涙は次から次へと溢れ出て、紬屋に話しかけられた時でも、まだ止まっていなかった。

「四時間後から灰処理に入るから、その前に休憩を——古洞さん？」

「すいません。少し、空気にあてられて」

「それならいいんだけど……大丈夫？」

大丈夫な振りをしなければいけないのに、蓮華の手は震え続けている。何一つ大丈夫ではないまま、火が消えて回祭が終わっていく。顔を洗ってきますね、と言う代わりに、口から出てきたのは全く別の言葉だった。

「回樹に人を喰わせました。この世で一番憎んでいる女をです」

蓮華の告白に、紬屋はハッとした顔をした。だが、大仰《おおぎょう》に騒ぎ立てたりはしない。じっと黙って、蓮華の次の言葉を待っていた。

「あの女には金があった。私が一生かかっても使い切れない額の金が。愛されなかったことが一体何だっていうんですか？　それなのに、あいつは世界で一番不幸な女だって。赦せなかった。そんなのは」

トラウマを抱えていたのも本当だろう。蓮華には想像も出来ない日々を、亜麻音は一人で耐えてきたのだ。

だが、彼女は生き延びたのだ。生きて、大人になり、こうして蓮華と出会ったのだ。

彼女には、死ぬ理由など全くなかった。

無かったはずなのに。

＊

三年もあったのに、思い出すのは暗く沈み込む夜か、全てを薙《な》ぎ倒す嵐ばかりだった。

だが、そんな日々の中で、日だまりを連想するような朝も確かにあった。

幼い頃に好きだった絵本が同じだった。観たいと思っていたけれど観損ねていた映画が同じだった。あの時流行《はや》っていた歌を適当な鼻歌で再現し、どちらからともなく笑った。蓮華が来る前に片付けが済んでいたこともあった。亜麻音の車椅子を押して、殺風景で狭い庭を散歩した。

庭には小さな紅葉の木が植えられており、季節が感じられるようになっていた。この家に住むようになってから、亜麻音が唯一欲しがったものだということだった。

「亜麻音様は、どこか行きたい場所などはないんですか」

「どうせ行けないだろうから言わない」

「どこへでも行けるでしょう。私もいますし、お金もありますし」

「蓮華はいつでもそればかりね。お前こそ、行きたい場所は無いの？」

「生まれてからずっと旅行なんて考えられない生活でしたから、どこでもいいのが本音です」

「つまらない答え」

そう言いながらも、亜麻音は笑っていた。ややあって、彼女が小さく言った。

「蓮華のお父様は自殺なさったんじゃないわ」

「え？」

「……いつかの時、酷いことを言ったでしょう。……あれは、傷つけようとして言っただけなの。蓮華のお父様が貴女を一人にするはずがないわ。……あれはきっと、事故だったの。もしくは、誰かに殺されたんだわ」

どう答えていいのか分からなかった。あの言葉を決して忘れていたわけじゃない。だが、いざこうして謝られると、まるであの時のことが夢だったかのように感じられる。その間も亜麻音は蓮華の言葉を待っているようで、落ち着かなく身体を揺すっていた。

「……それは……もういいんですよ。もう、大丈夫です」

「……そう。そうなのね……」

亜麻音はほうっと息を吐いて、紅葉を見上げた。

「これで一切が済んだ気分だわ。ずっと、心残りだったから」

彼女の言葉は独り言のようだった。

「私、行きたいところなんかないの。ここではない場所だったら、どこでもいい。どこかに行きたいの」

「それはつまらない答えじゃないんですか？」

「クビにされたいの？」

亜麻音が口を尖らせるので、蓮華は笑った。自分をクビにするはずがないと自惚《うぬぼ》れてしまう程度には、自分が預けられているものを知っていた。

「……亜麻音様。明日は『食事会』ですね。私も付いていきましょうか？」

「そんなの許されるはずがないし、甘えだわ。蓮華は、私が何年もこなしてきたことを出来ないくらい弱いと思っているの？」

「そうではありませんが……」

心配です、と言うより先に、亜麻音が言った。

「大丈夫よ。けれど、そうね……。少し、先の楽しみがあってもいいかしら」

「何かご用意しておきますか？」

「……来月にでも、どこかに行ってみましょうか。考えてみたら、私達がどこかに行ってはいけない道理はないんだわ」

「そうですよ。亜麻音様はご自分が賢いと思われているかもしれませんが、悲観的な分少し愚かですよね」

「お前、何を言っても良いと思っていない？　思い上がらないで」

「それにしても、どうして来月なんです？　今月にでも行けばいいのに」

「そろそろ蓮華は休みを取るじゃない。この時期は私が何を言おうと出かけるでしょう？」

回祭が行われるからだ。尤《もっと》も、蓮華はどこに行っているかを亜麻音に言ったことはなかった。

「だから、来月でいい」

「それじゃあ。どこか探しておきますね。ここじゃない場所を」

亜麻音が頷く。

翌日、亜麻音は『食事会』に出かけていった。蓮華は休みを取り、亜麻音をどこに連れて行くかと考えていた。

だから、蓮華が亜麻音を見つけたのは、事が起きてから少し経ってのことである。


朝九時、蓮華はいつもの通り亜麻音の家へと向かった。

合鍵で中に入った時から違和感は覚えていたのだが、『食事会』を終えた後の亜麻音はいつもそのくらい落ち込むのが常だったので、あまり気に留めなかった。

本当に嫌な予感がしたのは、部屋の前に立った時である。何故か、ここに亜麻音はいない、と思った。

部屋に入ると、甘い臭気で噎《む》せた。病がちな亜麻音の部屋にはいつも独特の臭いがしている。だが、今日のものは普段とは違った。臭いの出処を探る為に、蓮華は恐る恐るそれに視線を向けた。

ベッドの柱を使って、洞城亜麻音が首を吊っていた。

「………………は？」

亜麻音はとっくに冷たくなっているのに、不安定だからか身体は微かに揺れていた。元から青白かったからか、顔にはあまり変化が無いように見える。もっと近くで確かめたくて、亜麻音のことをどうにか降ろした。

首にはくっきりと縄の跡が付いていた。よく見ると、彼女の手に紙が握り込まれている。開いてみた。そこには子供のような字で『ごめんなさい』とあった。

「馬鹿だな……。これじゃあ、あいつらの思い通りだ……そんなのは悔しいと言っていたのは、お前じゃないか……」

本当に馬鹿げている、と思った。亜麻音が死んだと分かれば、亜麻音を嫌っていた奴らは笑うだろう。

あの生意気な女は、実のところ自殺するほど追い詰められていたのだと、ほくそ笑むに違いない。洞城亜麻音は自分で死んだ。洞城亜麻音は自分で死んだ。その一文が頭の中を回る。

こんなことなら、本当に自分が亜麻音を殺しておけばよかった、とすら思った。

そうすれば、亜麻音が負けたことにはならなかった。

もしかすると、亜麻音は自分を殺してくれる人間を探していたのかもしれない、とも思った。あれだけ酷い仕打ちをしていたのは、心の底から憎まれる為だったのかもしれない。

もしくは、単に彼女は自分が受けてきた仕打ちをやり返していただけなのか。

亜麻音がずっと強いられてきたのは、多分。

だらりと床に横たわる亜麻音の姿には、凜とした様子など欠片も無い。彼女は自分を取り巻く全てに負けたのだ。自ら死を選んだことが丸わかりの、寂しい死体だった。

父親のことを思い出した。彼は本当に、自殺ではなかったのだろうか？

亜麻音は大きく息を吐くと、カレンダーを確認した。次の回祭は三日後だ。それまで、亜麻音の死体を隠しておかなければ。洞城家の人間にも、亜麻音が生きていると見せかけなければ。

回祭のボランティアで運ぶのは食料だ。冷蔵用のトラックを使えば、亜麻音を腐らせずに運べるだろう。

三年前から備えていたことだった。予想していた。

彼女が常軌を逸した様子で蓮華を詰った時に思ったのだ。彼女は、そこまで強くない。いつかきっと負けて、死ぬ。

だから蓮華は、いつか亜麻音を殺すと決めていた。

どんな風に彼女が死んでも、自分が殺したことにしてやると――決めていた。

＊

「亜麻音の死体は、どこからどう見ても自殺でした。……せめて、あの方法じゃなかったら、と思いましたけど。だから、死体を検《あらた》められたら確実にバレると思ったんです」

紬屋は黙って聞いていた。それを良いことに、蓮華は続ける。

「亜麻音がいなくなったことは知れるでしょう。そうしたら、親族は一応探すでしょうね。そして、彼女の相続人だった私を疑うはず。もう、警察はこの近くまで来ていると思いますよ。日付が変わったら、私を確保するでしょうね」

「そうなると思う？」

「考えてもみてください。端《はた》から見れば私は、回祭の期間を狙ってまで、不法に死体を運び込み、亜麻音の司法解剖を逃れようとした人間なんですよ。勿論、私は良心の呵責《かしゃく》に耐えかねたという理由で、亜麻音の殺害を自供します。誰も否定出来ない。だって、死体は無いんですから」

蓮華の父親と同じだ。本当のことなんて分からない。生き残った人間だけが、それを語る権利を得る。

「……殺人の罪を被ることになるんだよ。本当にそれでいいの？」

「殺したかったのは嘘じゃありませんから。私が我慢出来なくなるより先に、蓮華が死んだからこうなっただけで」

「でも……」

「どうしても赦せないんですよ。あの女が自殺ってことになるなんて。あれだけ偉そうなことを言っておいて、生きることが亜麻音の戦いみたいな顔をして、あっさり死んだのが。だから、……代わりに、戦ってやろうと、思ったのかもしれない。殺されたのなら、亜麻音の勝ちでしょう。……あの子は、負けてない」

お父さんは自殺したわけじゃないんだと、ずっと信じて生きてきた。だって、そうだったら、本当に蓮華が重荷だったみたいじゃないか。

　亜麻音の遺書を見た瞬間、思わず怒りが込み上げてきた。疑いようもなく自殺だった。亜麻音は自ら死を選んだのだ。あれだけ色々言っていたくせに、最後は結局こうなってしまった。

　何より屈辱的だったのは、亜麻音の中で蓮華が最後の未練になれなかったところだった。亜麻音は蓮華と一緒に旅行に行くことを楽しみにしていたのではなかったか。蓮華がいるから、来月まで生きていようと思ってくれていたのではなかったのか。それらの言葉には何の重みも無く、ただあの時を華やがせる為だけの他愛の無い代物だったのか。

　だから、自殺なんかにさせてやらない。亜麻音の思い通りには、しない。

「理由は分かった。……それを丸ごと信じるつもりには、正直なところなれなかったんだけど」

「信じる……？　私が嘘を吐いていると？」

「少し、誤解があったのかもしれないと思ったの」

　そう言って、紬屋は続けた。

「古洞さんはただ、亜麻音さんを回樹に呑ませたかった、それだけなんじゃないのかな」

「……どういう意味ですか？」

「貴女は亜麻音さんのことがずっと大切で、死んでほしくなかった。けれど、いつか死んでしまうと思っていたから、その前に回樹を見ておきたかっただけなのかもしれない。……覚えているかしら。回祭のボランティアに参加する人は、大抵が大切な人に死期が近いと知った人だって言ったでしょう」

　あの時自分がどんな顔をしていたのかを、蓮華はもう思い出せない。

「私は亜麻音のことなんか好きじゃなかった。早く死ねばいいとすら思っていました」

紬屋は何も言わない。蓮華は続ける。

「彼女は私に無いものを全て持っていた。私が亜麻音だったらって、何度思ったか分からない。私だったら、絶対に死ななかった。私がいたのに。どうして」

亜麻音はいつか死んでしまう。蓮華では引き留められない。そのことが分かっていたから、せめて回樹に呑ませたかったと、二年前からずっと思っていただけなのか？　だったら、未練がましくて、寂しくて、救えない。——全身で人を拒絶し、こちらを傷つけようとしてきた亜麻音を見て、その時に、私は。

火が消える。回祭が終わる。

回祭が終わると、警察が踏み込んでくることが多い。回祭を口実に麓へと入り込み、自身の罪を隠蔽しようとする人間が多かったからだ。——そう、かつては多かった。そうした人間が、今やもう少なくなってきた。

この十年、回樹は人の愛を取り込んできた。十人単位で、百人単位で、千人、万人、それすら超えた人々に、回樹は愛されてきた。この国に存在する全ての愛が、回樹に集まり始めている。

誰だって、自分の愛しい人を、これから愛しい人になるかもしれない樹を、罪で穢《けが》したくはないのだ。

今年の回祭において、回樹を愛ではなく矜持《きょうじ》に使い、罪の隠蔽に走った愚か者は蓮華くらいなのかもしれない。

想定通り制服を着た人達が、蓮華に近づいてくる。紬屋は何やら言っているが、警官は彼女を抑えて遠くへと連れて行く。一際貫禄のある一人が声を掛けてきた。

「古洞蓮華さんですね。少しお話を伺いたいのですが――」

「――……はい」

蓮華は抵抗することもなく彼に従う。けれど、蓮華は最早自分が何を供述すればいいのかすらよく分からなかった。

彼女の矜持を守る為に、亜麻音を殺したと主張し続けられるだろうか。今蓮華の中にあるものは、核を失い消えてしまったのに？　蓮華がまともに話も出来なければ、愛しい相手を失って錯乱し、衝動的に死体を回樹に喰わせた可哀想な人間の一人になるのだろうか？　ご冗談がキツい。

ふと、蓮華は回樹の方を振り返った。絶対に愛しくなど思えない、抜けるような青を見た。

その瞬間、蓮華は一歩も動けなくなった。

そこに在ったのは、洞城亜麻音だった。

どうして気がつかなかったのだろう。この樹は亜麻音だ。あの部屋で失ってから、ずっと探し求めていた亜麻音だ。もっと早くに気がついてあげればよかった。亜麻音は誰よりも強かったが、誰よりも寂しがりなのに。亜麻音には蓮華が必要なはずだ。今もなお、必要とされているはずだ。

「亜麻音っ！　亜麻音！　やめて……私と亜麻音を引き離さないで！　亜麻音ぇっ！」

警察官が突然暴れ始めた蓮華を強く押さえつける。だが、蓮華は形振《なりふ》り構わず暴れ、亜麻音に手を伸ばした。もう離れない。もう離さない。回樹にすら認められた愛を抱えて、ずっと亜麻音の傍にいる。
亜麻音はただ愛おしそうに蓮華を見つめ、彼女に止むことのない愛を注ぐ。

初出一覧

「**回樹**」ＳＦマガジン2021年２月号
→ハヤカワ文庫JA『新しい世界を生きるための14のＳＦ』2022年６月刊
「**骨刻**」ＳＦマガジン2022年６月号
「**ＢＴＴＦ葬送**」ハヤカワ文庫JA『2084年のＳＦ』2022年５月刊
「**不滅**」ＳＦマガジン2022年12月号
「**奈辺**」ＳＦマガジン2022年８月号
「**回祭**」書き下ろし

回《かい》樹《じゅ》

二〇二三年三月 二十 日　印刷
二〇二三年三月二十五日　発行

著　者　斜《しゃ》線《せん》堂《どう》有《ゆう》紀《き》

発行者　早　川　浩
発行所　株式会社　早川書房
郵便番号　一〇一 - 〇〇四六
東京都千代田区神田多町二ノ二
電話　〇三 - 三二五二 - 三一一一
振替　〇〇一六〇 - 三 - 四七七九九
https://www.hayakawa-online.co.jp
定価はカバーに表示してあります

印刷・株式会社精興社　製本・大口製本印刷株式会社

ISBN978-4-15-210225-6 C0093

早川書房の単行本

第十一回アガサ・クリスティー賞／二〇二二年本屋大賞受賞作

同志少女よ、敵を撃て

逢坂冬馬

46判並製

一九四二年、独ソ戦のさなか、モスクワ近郊の村に住む狩りの名手セラフィマの暮らしは、ドイツ軍の襲撃により突如奪われる。母を殺され、復讐を誓った彼女は、女性狙撃小隊の一員となりスターリングラードの前線へ。おびただしい死の果てに彼女が目にした真の敵とは。